ゲージ・計測器

GAUGE

館 薫
TATE Kaoru

文芸社

ゲージ・計測器　目次

ゲージ・計測器

材料技術者である村上弘明は、物理や化学などの自然法則に逆らってモノづくりはできないことから、自然には嘘や不正は通用しない、嘘や不正はいずれ明らかになると思っている。これは村上の信条になっている。

その考えは阪神大震災によって強烈に裏付けられた。地震後、さまざまな不正が発覚した。橋脚などの施工不良、鉄筋の溶接の手抜き等々が露わになった。

ところが、バレさえしなければ不正をしても構わない、いや積極的にするのが才覚だとの風潮が強まりつつある。

設計や製造、品質保証という自然を相手にするモノづくりの分野においてすら、長期間にわたる大企業の偽装、データ不正、検査値改ざんが数多く報道されている。そのことから、日本の技術・産業の今後の行く末に村上は危機感をおぼえている。

大手の製造メーカーの四葉精工に勤めていた村上は、入社以来、研究・開発、製造、品質保証の各部署で働いてきた。また国内子会社の広島四葉精工での単身赴任もしてきた。

「海外駐在をする気はあるか？」

との上司の打診に対し
「二人の娘は大学生になり親も元気なので、海外駐在も可能な状況」

と回答していた。そのため、タイや韓国の四葉精工の海外子会社へ出向・駐在してきた。

海外のその国特有の習慣などに起因する問題や出来事とともに、日本人の社員間の確執など、良くも悪くも日本の会社生活の延長としての経験もしてきた。

第一章　二〇〇六年師走　プサン　一報入る

韓国企業の大韓精工に四葉精工から出向し村上弘明が駐在して二年半になる。大韓精工はプサン近郊にあり、従業員が四五〇名で、韓国資本（朝鮮材料）五一％、日本資本（四葉精工）四九％の合弁会社である。社長は李民博（イミョンバク）で朝鮮材料からの出向者であり、副社長は村上である。

二〇〇六年師走、午前十時ごろに電話が鳴る。村上が受話器を取ると、役員三人のフロア共通の女性秘書の張戴淑（チャンチェスク）が日本語で

「日本からの電話です。広島四葉精工の山田課長からです」

と言い、回線を切り替えた。

「おはようございます。総務の山田です」

「おはよう。何かありましたか？」

「実は平尾常務が亡くなられました」

「え？　亡くなった？　死んだということ？」

「そうです。死亡されました。海外の各社には総務の私から知らせています」

「交通事故か何かで？」

「言いにくいのですが、自殺です」

「まさか、彼が？……」

「今朝、出勤されないので私が常務に電話をしました。出られない。で、滅多にないことなので、私がアパートに出向きました。ドアを叩いても出てこられない。それで総務課が保管している部屋のキーを持参してドアを開けて中に入り、見つけました」


亡くなった平尾は、村上が二〇〇三年三月まで出向していたタイの子会社の村上の後任だった。

また平尾が亡くなったのは、村上もタイに出向する二〇〇一年三月まで三年ほど住んだことのある会社借上げのアパートだ。すなわち村上は四葉精工の子会社で従業員五〇〇人規模の広島四葉精工に、単身赴任していた。そのときと同じ単身赴任者用アパートの一室で広島四葉精工の常務の平尾聡は自ら命を絶った。

山田は自殺現場の第一発見者だ。その現場を見ている。だから村上は詳しく聞きたかったが、山田は海外各社への連絡等で忙しいだろうと思い、そのときは聞かなかった。

「まだ警察が現場検証をしています。原因などがわかれば後日、お知らせします。それでは失礼します」

と山田は早々に電話を切った。

村上の頭の中で、韓国では封印して過ごしていた三年半前のタイでの事件がよみがえってきた。当時、村上は四葉精工のタイの部品製造子会社ＹＰＴ社（Yotsuba Parts Thailand Ltd. の略称）の社長を務めていた。村上は自分に対してなされた平尾の策略・裏工作を思い出した。村上に対するふてぶてしい態度から、平尾は図太い神経の持ち主で、だれかに恨まれて殺されることはあっても自殺するとは思ってもみなかった。

気持ちの動揺を抑えるため、作業服の胸ポケットからセブンスターの箱を取り出し、たばこに火をつけ、深く吸った。

『あの平尾が死ぬとは。しかも自殺するとは。なぜ？　なぜなのだ？』

どうしても村上には合点がいかなかった。

しばらくの間、三年半前のタイでの会社生活、駐在時代に起こった決して忘れることのできない平尾絡みの波乱の出来事が呼び覚まされた。記憶の底に沈んでいた、押し込んでいた記憶、情景が鮮やかに生々しくよみがえってきた。

第二章　二〇〇三年三月　バンコク　駐在員追い落とし

村上は四葉精工のタイ子会社ＹＰＴ社（従業員八〇人弱）に二〇〇一年三月から駐在している。ＹＰＴ社は一九九六年設立で村上は二代目の社長である。

四葉精工は、日系カーメーカーのタイ進出要求に応えてタイに進出した。その背景には、タイに進出しているカーメーカーに対するタイ政府の国産化率向上政策（タイ国内で生産された部品の比率を高めさせる政策）が影響していた。

一九九七年のアジア通貨危機で、ＹＰＴ社も経営的打撃をもろに受けた。しかし二〇〇三年三月の時点では、経済の回復基調の波に乗り、事業は順調に拡大し従業員も一五〇名規模に倍増している。製品の受注は絶好調、その半面、受注増をまかなう製造能力が足りず、設備能力増強に苦労していた。

村上は、タイにすでに進出している佐伯精密タイ社にＹＰＴ社の部品の機械加工を外注していた。その親会社で名古屋にある佐伯精密の佐伯専務に、マシニングセンターなどの機械加工設備のタイ工場への追加投資を依頼していた。その進捗チェックのため名古屋の佐伯に国際電話をした。

「佐伯専務ですか。タイのＹＰＴ社の村上です。いつもお世話になっております」

「こちらこそ、お世話になっています」

「お願いしていた御社タイ工場の追加設備投資の件は、計画通り進んでいますか？しばらく連絡がないので電話させてもらいました」

「順調に進んでいます。先週もマレーシアの平尾社長に電話で報告しました」

「え？　なぜ平尾社長に報告を？」

「もしかして、平尾社長から聞いておられないのですか？　平尾社長が『タイのＹＰＴ社も自分が社長を兼務しマネージメントすることになる。だから報告や連絡、相談は自分に』と言われました。それで最近は平尾社長の方に先に進捗報告していました」

「ええ？　ちょっと待って！　マレーシアとタイを平尾社長が兼務？　誰がそんなことを……」

村上は絶句した。寝耳に水の話だ。

「平尾社長がご自分で私に言われました。当然、村上社長も日本に帰る異動の内示を受けご存知とばかり私は思っていました。まさか四葉精工さんの社内でそんな……。村上社長がご存知なかったとは……。失礼しました」

村上はすぐに親会社四葉精工のＹＰＴ社担当の山地取締役に電話をした。

「いま佐伯精密の佐伯専務に電話をしましたら、マレーシアの平尾社長がタイのＹＰＴ社を兼務すると。異動対象の本人の私が知らないのに、下請会社の人間が知っているとは！　どういうことですか？　順番が違うでしょ。どういうことですか？」

怒りを山地にぶつけた。山地は、村上からの電話を半ば予想していたのか

「村上さんには悪いが、私が決めた。マレーシアとタイを一体で経営することでコストダウンが図れる、との提案が平尾君からあった。いいアイデアだ。彼が一時帰国し、

日本で私と話し合った。一体管理の方向がベターと私が判断した」

と二才年上の村上に少し遠慮しながら落ち着いた声で山地は言った。

「タイ工場の責任者の私の意見をまったく聞かないのはおかしいです。納得できません。取締役が聞く必要なしと思っていても、建前として聞くのが筋でしょう。私の前任の中山前社長の意見も聞かれなかったのですか？」

「聞くといろいろな意見が出て前に進まないし遅くなるので、聞いていない」

「そんなに急ぐ必要がどこにあるのですか」

「善は急げです。早く一体化の効果を出したい」

と山地は平然と答えた。


何ということか。山地と平尾の二人だけで秘密裏に決めたというのだ。確かに会社組織は民主主義的に運営されていない。時間がなくて、上司の考えだけで動かなければならないこともある、そのことは重々承知している。しかし大雨で河川が決壊するか、洪水になるかといった大事なことを判断するときには、気象庁に聞いたり、地元の住民に現場の状況を聞いたりするだろう。ましてや急を要することではまったくない。村上は、開いた口が塞がらないと思いながら

「四葉精工グループにはＹＰＴ社以外にもタイに子会社がたくさん、八社もあります。もっと現地の事情を聞いてから決めるべきではないですか。とにかく目先の二社一体管理による少々のコストダウンよりも両社の将来の発展方向をもっと考えるべきです。両社が一体管理すると言っても、工場で生産する製品分野がまったく異なります。タイは自動車部品、マレーシアは家電部品が中心。製品分野が違えば顧客の性格も異なります。また従業員の気質も違います。タイは仏教、マレーシアはイスラム教。宗教が違います。また会社の設立はマレーシアが六年ほど早いですが、製品の製造の難しさ、品質要求は自動車部品の多いタイの方が厳しいです。元イギリス植民地の隣国のマレーシア人による指導や管理を、独立を保ったタイ人は面白く思いません。技術をもつ四葉精工の日本人が指導するからタイ人は信頼してついて来ます……」

村上は一体化反対の意見を長々と述べた。山地が聞く耳を持たないことはわかっていたが、述べずにはおられなかった。

「マレーシアの会社は、マレーシア人で管理できている。で、日本人の経営者・社長がまるまる一人要るわけではない。社長のうち平尾君か村上さんのどちらかに辞めてもらわなければならない。平尾君は若いし、ＹＰＴ社の製造部長をしていたので、タイとマレーシアの両社を知っている。彼が兼務するのが適任と判断した。結果、村上さんには日本に帰ってもらう」

と山地は言った。山地は生産技術が専門でその分野では優れていて村上も一目置いていた。しかし海外経験がない。だから平尾の言葉の受け売りをしゃべっている。海外の現地の雑多な業務の苦労を知らないからそんなのんきなこと、経営者が〇・五人余っているなどと、些末なことを、さも重要なことのように言えるのだ、と村上は思った。

「タイの四葉精工グループの他の事業部門で二国間の二社が一体管理している前例はあるのですか？」

と村上が質すと

「それはない。前例主義でないところが平尾君のユニークなところだ。平尾君は、技術面ばかりではなく、原料調達から営業までタイ、マレーシアが一体で管理運営する構想を立てている。素晴らしい！」

手放しで平尾を褒めちぎっている。平尾に丸め込まれている。

負けた、と思いながらも、それでも村上は、営業という言葉にひっかかった。

「営業？　営業とはどういう意味ですか？　日本の親会社が音頭をとるのならわかりますが。タイの営業とマレーシアの営業にどんな関係が？」

「タイの四葉精工の営業子会社のＹＳＴ社（Yotsuba Sales Thailand Ltd. の略称）を知っていますか？」

「はい、もちろん、知っています。営業部門がまだ弱いＹＰＴ社もタイの営業活動で世話になっています」

「そのＹＳＴ社の野上社長と平尾君は頻繁に会って相談している。タイとマレーシア一体の営業活動を目指している。村上さんは今、タイにいるから、ＹＳＴ社の野上君に会って一体営業のことなど、聞いてみれば……」

「そんなタイとマレーシアの営業の一体化などありえません。空想が過ぎます」

「村上さんの考えはわかりました。村上さんとは反対意見の野上君に構想を聞いてみれば……」

　これが山地との電話の終わりだった。

　野上？　野上と平尾？　その二人はタイでは接点がなかったはずだが……、と村上は思った。平尾がＹＰＴ社にいた頃のＹＳＴ社の社長は村上と同年配の国枝だった。ということは、タイの事情に詳しい平尾が野上に接近したということになる……。

　それにしても、それなりの見識がありそうに思っていた四葉精工の取締役でも、

『タイとマレーシアの事業一体化』

という耳障りのいい空論に惑わされるのか。目先の小さな利益に目がくらむのか。村上は情けなく思った。そして自分のタイ残留の可能性は皆無と悟った。

　ＹＳＴ社の野上社長にその日の夜、会うことにし、電話で待ち合わせの場所と時間を野上と村上は約束した。

野上は、二か月ほど前からYPT社製品の商権に関して村上ともめていた。村上は日本での経験から、顧客とYPT社との取引に関し直扱いを増やしたかった。営業会社YST社を経由する取引を減らし中間マージン支払を抑えたかった。そのためタイ人の営業部員を採用して育成し始めていた。同じ四葉精工グループ内の子会社同士であっても製造会社YPT社と営業会社YST社とでは利害が相反することがある。このYPT社の営業の内製化、自前化を中心になって推進していたのがタイ駐在一年の斎藤営業部長であった。

YST社の前社長の国枝とは、村上は齢も近いこともあり食事やゴルフなどでも懇意にしていた。真偽のほどは分からないが、プラントの大型案件の際のタイ人顧客への接待攻勢を

「三日三晩の酒池肉林！」

と、面白おかしく聞かされていた。後任の野上は親会社四葉精工では課長クラスで、三〇代半ばの若さで営業の海外子会社の社長になってそれほど経過していない。YST社は社員が一〇人ほどの小所帯だけれども、社長は社長、会社の最高経営責任者で

ある。日本人は二人。もう一人の日本人営業マンは二〇才代で営業活動に専念、タイ全国を飛び回りほとんどＹＳＴ社の事務所にいない。そのため社長が何をしていても、例えば不正なことをしていても、チェックする人がいない。たとえ日本人の不正等の問題が分かっていても、タイ人はなかなか日本人スタッフに言わない。問題社長の解雇後に

「実は、……」

と判明することになる。海外子会社では、日本国内では信じられないような、起こりえないような不正・汚職が起こる。特に若くして社長といった肩書の立場になると、起こりやすい。表沙汰にはならないが、いろんな日系会社からそうしたうわさを村上は聞いていた。

一か月ほど前、野上から

「ご相談したいことがありますのでお時間をとっていただけませんか」

と言われ、村上はバンコクのビジネス街アソークにあるＹＳＴ社オフィスで会った。

そのとき野上は唐突にＹＰＴ社の斎藤のことを言い始めた。

「斎藤営業部長は性格的に問題があり、タイでの営業に向いていないので、日本に帰任させてほしい、ＹＰＴ社の営業の直扱い化は止めてほしい、ＹＰＴ社の営業活動はＹＳＴ社が今まで通りやります」という話だった。

同じタイの子会社の対等な社長とは言え、二〇才以上も年配社員の村上に対してまったく遠慮をしないもの言いであり、その直属部下の斎藤を誹謗する身勝手なものであった。それまでの村上の会社生活で経験したことのない社員への中傷であった。斎藤は野上よりも五才ほど年長である。他方、村上や野上のように四葉精工の社員ではなく、斎藤はその子会社の広島四葉精工の採用の社員であった。野上の斎藤への露骨な中傷は、子会社社員に対する差別意識が背景にあると、村上は感じた。

村上は、できるだけ冷静にＹＰＴ社の営業方針と自分の考えを述べた。

「斎藤部長は癖のある人だ。しかし以前から付き合っている私から見ると、タイに来てからひと回りもふた回りも成長した。今後もますます大きく成長していってくれると思う。したがって彼を帰任させるつもりはない。前任の中山社長は営業畑出身で日本人営業部員としても活動されていた。しかし私は技術系なので日系企業の多いタイでは日本人営業部員の存在が必須だ。また直扱い化の営業方針は斎藤部長だけの考えではない。私も含めYPT社の先代の中山社長以来の考え、方針だ。たとえ彼が帰任したとしてもYPT社の直扱い化の営業方針は変わらない。自動車部品がメインのYPT社は利益率が低い。また小回り、機動性が要求される。日本国内でも四葉精工の大口顧客とは直扱いだ……」

との村上の反論でそのときは野上は矛を収めた。

部下の斎藤部長を誹謗中傷されて以後は、野上の人格に胡散臭さを感じながら村上は接していた。

山地取締役と電話をしたその夜、村上は野上とバンコク中心街のレストランで会って話すことを約束した。

先にレストランに到着した村上が待っていると、二人の男性の姿が見えた。野上と、渦中の平尾だった。平尾がバンコクに来ているのか！と村上は少し驚いた。野上と平尾の二人は険しい顔をしている。

　重苦しい雰囲気の中、村上が切り出した。

「佐伯精密の佐伯専務との電話で、平尾社長がタイのＹＰＴ社の社長も兼務すると聞いた。それで四葉精工の山地取締役に電話をした。もう決まった路線とのことだった。営業もタイとマレーシアとで一体で進める。野上社長と一緒に進めていると聞き、野上社長と会うことにした。平尾社長と会ったので直接聞きたい。なんでＹＰＴ社の当事者の私の考えを聞かなかったのか？　タイとマレーシアの二つの会社の一体運営という非常に重要な問題をこそこそと勝手に進めるのか？　山地取締役に勝手に提案したのか？　それを聞きたい」

「今日は野上君と営業戦略を詰めるためバンコクに来ている。マレーシアとタイは近いので、しょっちゅうバンコクに来ている。村上さんに一切言わなかったのは、言ってもどうせ反対するに決まっているから」

「実際、二つの会社の一体運営は問題が多いので反対だ。が、反対するとわかっている案件でも、相手方の会社のトップの意見を聞くのは常識でしょう」

「仕事を進めるためには、自分がやりたいようにやっていい、と私は思っている。上の力が必要なら、村上さんを無視して、山地取締役に直談判するのもＯＫでしょ。当然でしょ……」

「マレーシアの会社のことなら平尾君が社長だから好きなようにしても許せる。しかし今回のタイとマレーシアの一体化のように、相手がある場合は、相手の意見を聞いて合意をとるなど、仕事にはルールがある。汽車は軌道、ゲージの上を走る。ゲージすなわち軌道から外れれば脱線する。転覆する」

「いや、逆の立場で、私が今回したように、村上さんが私を無視してルール無視、軌道無視、ゲージから外れた行動をしても、私は文句を言わないし、それでいい……」

「クーデターを、よし、とするのか。四葉精工を将来、背負うことになるかもしれない平尾君から、そんな言葉を聞くとは。残念だ。

同じ会社で働く人生の先輩として言わせてもらう。平尾君は人の道・人間性のゲージから考えて間違っている、ゲージから外れている」

「村上さんに何を言われても気にしません。会社の仕事は結果がすべてです。村上さん」

中長期的には破綻が予想できるタイ・マレーシア事業一体化をなぜ進めたいのか、そこがわからない。どんな思惑があるのか。バンコクに戻りたかっただけではないのか？　そのための口実に過ぎないのではないか？　アパートへ帰る社用車の車中で村上は、今日一日の波乱の出来事を振り返っていた。

そう言えば、村上のアパート近くのエンポリアムデパートのカフェで平尾が人を待っている姿を見かけたことがあった。なんとなく声をかけにくい雰囲気だったので黙って通り過ぎた。ＹＰＴ社の日本人社員には見られたくない人、例えばタイ女性とか野上とかと待ち合わせていたのだろうか。ＹＰＴ社の日本人社員の間でも一か月に一回以上の頻度でバンコクに来ている、とのうわさがあった。

また野上からＹＰＴ社の斎藤営業部長を日本に帰任させよと言われたときは、野上単独の動きと思っていた。しかし今考えると野上の強気の態度には、平尾と野上が示し合せていたのかもしれないと気付いた。さらに、村上を追い落とす策略、筋書は平尾が作り、野上を巻き込んだことは明白だ。そのことを平尾に直接質（ただ）せなかったことを残念に思った。

現実に、村上自身が平尾によってYPT社から追い出される状況になったことで、一年半ほど前に、YPT社の技術アドバイザーの林田誠が語った平尾の冷酷さ、えげつなさを思い出した。

林田は三〇才前の独身で、鍛造プレス作業のアドバイザーとして二〇〇〇年からYPT社に赴任し二〇〇二年の年末に日本に帰任していた。タイ人作業者に対し丁寧に教えていたし、タイ人作業者と齢も近いこともあり、彼らと親しくしていた。

村上がYPT社に来てから半年ほどたった二〇〇一年秋ごろ、プレス作業のタイ人への教育訓練の現状と課題について話し合っていた。

「日本で日本人相手だと『一を言えば、十を理解』してくれるが、ここでは『一をわかってもらうためには、十を言う』必要があるやろな。たいへんやなあ」

と林田を労った。

それに対して、林田は笑いながら、

「村上ＭＤ（Managing Director の略称、社長のこと）、それは違いますよ。『十』でわかってもらえれば楽勝なんですが、実際は『百を言って、やっと一がわかってもらえる』ですね。言うだけではなく、やって見せて、教えて、やってもらう、の繰り返しです。最近ようやくタイ人への教え方のコツがわかってきました」

「言葉の問題もあるし、生活習慣も違うし、林田君の言うように、確かに『一を知ってもらうには百言う必要あり』やな。笑っているけど、毎日、苦労しているんやなあ」

と村上がつづけた。すると林田は急に真顔になり少しあらたまって、一気にしゃべった。

「実は、一年半前のＹＰＴ社着任早々、いまマレーシアの子会社の社長の、当時の平尾元製造部長からひどいことを言われました。

『お前は力がない、アドバイザーとしての能力がない。代わりの優秀なアドバイザーに日本から来てもらう。すぐに帰国しろ！』

『日本の親会社には、力不足でタイ人を指導できないので自分で〝帰りたい、帰国したい〟と言え』と言われました。前任の中山ＭＤも一緒になって二人がかりで説得されました。というより強要されました。脅されました。ヤル気満々でＹＰＴ社、タイ工場に来ました。だから、帰国したくないし、いくらなんでも自分から『帰国したい』と嘘は言えません。それで頑張って、粘って、断りました。平尾部長がマレーシアへ異動になるまでは地獄でした」

と言って息を吐いた。

「着任早々とは！　それはひどい話やなあ。穏やかに見える中山前ＭＤが一緒になって強要したとは意外やなあ……」

「中山前ＭＤは営業出身で技術のことはわからないので、平尾部長の言いなりでした。『林田がアドバイザーならタイ工場はつぶれる』と、平尾部長が言うと、中山前ＭＤはそのように思われたのだと思います。私の前任アドバイザーの神田さんは、経験三〇年の超ベテランで日本でも新人教育に携わっておられました。神田さんに匹敵するプレスマンはだれもいません」

「神田さんは、神の田ではなく、『神の手』を持つと社内で言われていましたね。それにしても、中山前MDと平尾部長が交代させたいと思ったとしても、林田君の意思で『帰りたい、帰国したい』と言わせることはないのになあ。それはあんまりや。林田君には黙って、二人が四葉精工の人事部に掛け合えばすむことなのになあ」

「村上MD、たぶん人事部には、神田さんを帰任させるときに、交代要員として私のような若手ではなく『神の手』の神田さんクラスを頼む、と要求していたと思います。でも四葉精工には私のような若手しか人材がいなかった、ということです。アメリカや中国、韓国にも子会社を設立していますから……」

「私などは先輩から、『人が育つ環境整備がお前の役目』とそう言われてきた。だから、人を育てるのが仕事、それが四葉精工の社風と思っていた。将棋の駒のように、配属してきた社員をすぐに交換するという発想は思い浮かばない」

「平尾部長が、私に『自分の意志で帰国したい』と親会社の人事部に言わせようと強要したことは、ほんとうに許せません。そこまでして平尾部長は何をしたかったのか理解できません。タイ工場をよくしたいというよりも、自分の出世か何かわかりませんが、思い通りにする妨げになるので私を日本に返したかったのだと思います。自分のやりたいことを無理やり押し通すための実力行使に私を使おうとした。人間的に許せません。高校を卒業して優良会社と思って入社した四葉精工にも平尾部長のような人がいる。そのことがわかりました。残念というか、怖いですね。村上ＭＤも平尾社長には気を付けられた方がいいですよ」

「年に一、二回、日本で開催される海外マネージメント会議で顔を会わせるぐらいだ。その他では、マレーシアの平尾君と関わり合うことはないと思うよ」

と当時、村上はのんきなことを林田に言っていた。

「そう言えば、最近、バンコクのスクンビットで平尾社長を遠くから見かけたと聞きました。四葉精工グループの駐在員の人がゴルフコンペのときに言っていました。バンコクに来ていてＹＰＴ社のわれわれに声をかけないのは、何か言えない事情があるのでしょうかね……。私は顔を会わせたくありませんが……」

と言って林田は顔を曇らせた。

＊　＊　＊

タイでは、日系顧客・ユーザーと日系メーカー・サプライヤーとの距離が非常に近い。バンコク周辺の工業団地に日系企業が集中的に立地しているので、第一に物理的に近い。そのためビジネス上のこともすぐに会って相談できる。それだけではなく商工会による日系企業向けの各種セミナーなどでも顔を合わせる。開催も多いし参加者も多い。ビジネス以外でも宴会や会食、ゴルフコンペも頻繁に行われている。人的つながりは日本国内よりもはるかに親密で濃厚だ。何といっても日本と比較してタイは物価が五分の一程度と非常に安いため経費が安上がりですむ。また日本国内ほどは肩書にこだわらない、フランクな人間関係になっていて、そのことも親密になる理由である。

いずれにしてもタイの日系企業の日本人は、メーカー、ユーザーとも、フットワークが非常に軽い。例えば納期トラブルを起こすと、

「死んでも持って来い！社長が直接、時間単位の納期管理をして毎日報告せよ！」といった過激な要求でも、直接、サプライヤーの社長に電話する。そう言ったにもかかわらず、納品に行くと前回納めた部品が山積みされている、といったことはざらである。

『親しき仲にも礼儀あり』ではなく、『親しき仲では礼儀なし』の関係性になっていて、そのことでもフットワークを軽くさせている。

村上の帰任の日程が決まるとすぐに、ＹＰＴ社と同じ工業団地にある巨大カーメーカー日豊自動車のタイ子会社ＮＭＴ社（Nippo Motors Thailand の略称）の山本社長にあいさつに行った。

そもそもＹＰＴ社の立地の選定基準・前提条件は、先行して進出している大ユーザーのＮＭＴ社と同じ工業団地で、できるだけ近くということで敷地を探した。ＹＰＴ社とＮＭＴ社の距離は、車で五分もかからない、歩いても二〇分ぐらいの距離である。

ＮＭＴ社の山本社長は村上を社長室に招き入れた。

「三週間後に帰国することになりました。最初に山本社長にごあいさつに伺いました。在任中はたいへんお世話になりました……」

「実は、村上社長と同じころ私も日本に帰ります。私の場合は、三か月前から帰国の予定が決まっていて社内ではオープンになっています。四葉精工さんは三週間前の内示ですか？　海外の異動の場合は、いろいろと準備が要るので短すぎませんか？」

「決まりとしては少なくとも三週間前までに内示することになっています。タイに来るときは一か月前の内示でした。内示があってから東南アジアの地図を見るまで、タイとミャンマーがこんがらがっていました」

「後任は、どういう方ですか？」

「現在、マレーシアの子会社の社長をしている平尾が、タイのＹＰＴ社を兼務で見ます。平尾は三年前までＹＰＴ社で製造部長でしたので、タイの状況はよく知っています」

「兼務ですか……。タイでの自動車生産はこれから増えますので、ＹＰＴ社はどんどん拡大していきます。マレーシア工場との兼務は無理でしょう、どう考えても。設備投資、人員の採用、システム整備、顧客対応と」

「兼務の時期は長くないと思います。ＹＰＴ社は平尾が見て、マレーシアは若手が社長として日本から赴任することになると思います」

と、村上は自分の心情とは反対の説明を、四葉精工のため、会社のために弁解した。

自分の中にあるサラリーマン気質に村上は嫌になった。

「タイのＹＰＴ社も親会社四葉精工に低く見られたものですね。同じタイの子会社のＭＤとして、正直言って、あまり面白くありませんね。また『アジアのデトロイト』のタイが軽んじられた気がして……」

　確かに、自動車生産の『世界の拠点』としてのタイの重要性を、四葉精工の山地取締役のような一部の担当役員は理解していないのではないか、との山本社長の指摘は当たっていた。

ＮＭＴ社の山本社長への帰国あいさつの後、同じ工業団地内の上得意先の大手日系エアコンメーカーのダイミンのタイ子会社に行った。井上社長への帰国のあいさつのためである。

日本の家電メーカーの多くが賃金の安い中国に海外進出していたが、ダイミンは『将来、中国の賃金は大幅に上昇しタイを抜く』と予測して、あえて中国より高賃金のタイに進出していた。

村上と井上社長とは、同じ年代、タイ赴任が二〇〇一年と同時期、関西系の企業同士、ということで親しい関係であった。両社の距離が近いこともあり情報交換等の会社間の交流もあった。

村上が来てからＹＰＴ社では、予算範囲内で従業員が好む制服を制定することにした。制服を調達する部署の総務部が社内で聴き取り調査をした際、ダイミンタイの女性社員の制服が素敵で女性スタッフに人気があった。

というのは、工業団地内の会社では、各社の乗合トラックでの通勤途中もみんなそれぞれの会社の制服、作業服を着ていたので、どこの会社の制服が良いか観察して品定めできる。タイの日系企業の場合、会社から社員に年に数着の制服を無料で支給する。最も安価な制服としては会社のロゴなど何もないTシャツがある。そのためタイでの制服は、会社の待遇の良し悪しを反映するもの、指標でもあった。また進出した会社の格を表すものでもあった。その制服を着ている社員も誇らしい、といったもののようだった。その意味でダイミンタイはタイの社会の中で社員への待遇を含め『良い会社』との地位をすでに築いていた。村上とＹＰＴ社が目指したいと思っていた会社であった。

ＹＰＴ社総務部の女性社員が女性用制服についてダイミンタイに聴き取りや相談に行ったりする会社間の関係もあった。残念ながら、縫製の質の違い等もあってダイミンタイの制服の単価はＹＰＴ社の予算の三倍も高かった。そのためその年はダイミンタイ類似の制服を採用することはできなかった。

村上が応接室の席につくなり井上社長は、

「何と言っていいのか、三年の予定と言われていたのに、二年で帰国させられるのはさぞ辛いことでしょう。お察しします。気を取り直して、がんばってください」

と村上を慰めた。井上社長とはゴルフを一緒に回ったこともあった。村上は、見る人は見てくれているのだなあと思い、泣きそうになるのをこらえた。

「それにしても、後任の平尾さんは、マレーシアとタイの会社の社長を兼務するそうですね。一つの会社だけでも大変なのに、国が違う二つの会社を兼務とは。四菱精工さんともあろう会社が何を考えているのでしょうかね。先発工場のマレーシア人幹部にタイ工場の管理や技術指導をさせコストダウンをしようという狙いでしょう。まるで植民地支配と同じやり方ですね。技術の方も心配ですが、気位の高いタイ人がマレーシア人の管理を嫌がるのは明らかでしょうに。タイ人従業員が辞めないか、離職率が上昇しないか、心配ですね」

「関係があるかどうか分かりませんが……。社内集会で、私が帰国し後任にマレーシアの平尾社長が兼務することを伝えました。その後すぐに経理課長のソーファ女史が『私も一緒に辞めます』と社長室に言いに来ました。理由を聞きましたが、何も言いませんでした。製造部長時代の平尾君とソーファ課長の仲がよくなかったのか、その辺のことは分かりませんが……」

「マレーシア人が来る前に辞めるというのは、何か別の事情があるのかもしれませんね。いくつぐらいの女性ですか？」

「三〇過ぎの独身。ＹＰＴ社の設立時からのメンバー。仕事熱心で私は非常に助けてもらいました」

「後任が平尾社長でなければ辞めなかったかも……。いずれにしても彼女は平尾社長の下では働きにくくなる、働きたくないと判断したんでしょうね」


確かにタイ経済が持ち直し、しかも日系企業が続々とタイに進出しているので、優秀で少し日本語のできる労働者は高賃金等で引き抜かれる。村上も社員を引き抜かれ苦労していた。引き抜いた日系企業がＹＰＴ社の顧客だったりすると苦情も言い辛い。そういうわけでＹＰＴ社の社長月報には、目標管理のトレース項目の一つとして『タイ人従業員の離職率』がある。ＹＰＴ社の達成目標値は月間三％以下。一五〇人の社員数だと毎月四、五人が辞めてもＯＫ。つまり全従業員が三年で入れ替わる計算になる。それが達成しようとする目標値だ。それほどタイの労働者移動は流動的であった。技術移転、従業員のスキルアップ、教育訓練にとって、離職させないことが日系企業の共通の焦眉の課題であった。


「後任の平尾さんは、タイで部長だったと言われましたが、若いんですか?」

「私より一〇才ほど若いです。四十五、六才かと……」

「若いですね。若い人がタイからマレーシアへ異動……。で、タイに戻る、戻りたい。うう一ん。ビジネスとは別に、何かタイ、バンコクに戻りたい事情が平尾さんにあったんではないですか」

「それはないと思いますが……」

「バンコクでよくある話として聞いて下さい。帰国が決まっても帰国しないで、会社も辞めて、バンコクに居続ける人のことをよく聞きます。裏に女性がいます。よくある話です。平尾さんにも親しいタイ女性が居たのでバンコクに帰りたかったのではないですか? ここだけの話、私の推測が当たっていると思いますよ。バンコクではよくあることです。日本人に限らず欧米人の駐在員を含めてのことです。私の会社、ダイミンのタイの子会社にも日本人のエンジニアやビジネスマンが再就職で面接に来ることがしばしばあります。ありていに、恥ずかしがることもなく
『ここで女ができたので……、ローカル採用でOKなので是非、雇って下さい』

と面接で言う人もいます。日系以外の欧米系、韓国系、純タイ系のタイ企業にも再就職している日本人を何人も知っています」

「いや、その辺のことは、タイで同じ時期に一緒に仕事をしたことがありませんので、知りませんが……」

と答えたが、タイ女性が裏で関係しているのではないか、と村上もうすうす疑っていた。


井上社長が話題を転じた。

「お時間はまだいいですか？　いえ、私はいいのです。お時間があれば、タイで感じたことなどお聞かせ願えれば……。今後のダイミンの駐在員の参考のために。そう、

タイのＹＰＴ社に駐在されて何に一番困られましたか？　今回の平尾氏問題を別にして……」

村上をＹＰＴ社から追い出し、平尾が社長になる策略をめぐらしてきただろうということを、その状況から井上なりに想像しているような口ぶりであった。

「今回の帰国に至る経緯を除くと、一番困ったのは経理関係ですね。タイで会社をマネージメントするのに必要な知識が不足していました。異動の内示を受けてから一か月あったのですが、大品質クレームでほとんど事前勉強ができませんでした。個人的な反省点でもあります。会社としても課題だと思っています。私のような技術系人間が経営に携わる場合、経理と言うか資金調達に関して赴任前に教育してほしかったですね」

「どんな問題で困られましたか？」

「銀行からの『借入枠』の設定、金額枠のことです。二〇〇二年度は必要な枠に比べて小さすぎたのです。社長の私が借入枠のことをよく理解しておればよかったのですが、最初、私は詳しくは知りませんでした。駐在前に役員から『海外の子会社では、キャッシュフローが大事だ』と言われてはいたのですが、あまりピンと来ていませんでした」

「実際に金策に駆けずり回る経験をしていないとわからないと思いますよ」

「四葉精工グループの場合、タイには経理部門の子会社ＹＨＴ社（Yotsuba Holding Thailand の略称）があります。そこに日本の本社の若い経理部員が出向してきています。ＹＨＴ社のＹＰＴ社担当が、経理の専門家ということで、ＹＰＴ社の借入枠を決めます。私は二〇〇一年にタイに来て、二〇〇二年の事業計画・予算を立てました。受注が好調なので大幅な増産計画を立て、それに見合う設備投資計画も立てました。その計画に沿って、回転資金や投資資金を賄うため銀行から借入金、回転資金を調達します。ＹＨＴ社の経理担当者は堅いというか、計画値より大きく振れて受注が急増することを想定しませんでした。想定できませんでした。日本国内と同様に考えていました。たとえば、計画よりせいぜい二〇％オーバーの振れを考慮しました。それで、銀行からの借入枠を決めました。日本国内なら二〇％余裕を見ておけば十分な数字だったんですが……」

「当初予想の二〇%を超える受注があったんですね？」

「そうです。結果的には、予想をはるかに超える受注があった。当然、原料費、人件費、電力費などすべての出費が増えます。が、そのための回転資金を銀行から借りることができない」

「たいへんでしたね」

「ＹＰＴ社の場合、四葉銀行がほとんどです。四葉銀行に借入枠を設定するのに四葉精工本社の保証が要りますが、枠設定の費用は親会社の四葉精工ではなくＹＰＴ社が払います。ＹＰＴ社の場合、年額で数万円です。金額的には安いものです。まあ、私に言わせれば、

『借入枠は親会社が子会社を年間数万円で支配するための道具』

です。たとえて言えば、犬が自分で首輪と鎖を買って飼い主にプレゼントするようなものですね」

「なるほど、犬の首輪と鎖ですか。わかりやすいたとえですね。本来、現地会社が動きやすいようにするのが親会社の立場ですよね。わざわざ窮屈にするのは良くないで

すよね。四葉精工の『石橋を叩いて渡る』堅実精神ですか？」

「いやいや社内では『石橋を叩いて壊す』と皮肉っています。借入枠で絞められると子会社は首根っこを押さえこまれて身動きできません」

「なるほど、子会社を見殺しにすることになりますね」

と井上社長は笑った。

「会社にはその資産に応じた借入枠というか融資限度があるわけです。ＹＰＴ社は設立当時、四葉精工の川中会長の英断で日本の分社化した子会社の広島四葉精工の資本金一〇億円よりも大きな資本金六億バーツ（一八億円）、一〇万平方メートルの広大な敷地面積の土地を持っています。土地はまだ二割使っているだけです。ダイミンタイさんに比べれば小さいですが」

「いえいえ、部品工場としてはＹＰＴ社は広い敷地です。将来の伸び代が楽しみですね」

「あるときシンガポールの外資系の大銀行が営業活動に来ました。日本人の銀行マンでした。先ほど言われたタイ女性と訳ありの日本の銀行から転職した銀行マンだった

かもしれませんね。その彼は、会社の資産、経営状況など概況を事前に調べてきているので、

『取引していただければ、四億バーツでもいくらでもお金は貸します』

と言っていました。慣れない資金繰りでほとほと困っていましたので、地獄に仏と思いました。誘惑に負けそうになりましたが、思いとどまりました」

「誘惑に負けなくて良かったですよ」

「今はそう思っています。その銀行マンから
『事業の変化に応じて借入枠など四葉精工グループのYHT社の経理担当が本社あてに起案して変更すれば簡単にすむことです。村上さんはしなくていい苦労をされていますね』

と同情されました。まあ、借入枠は、子会社の社長など幹部が勝手にお金をジャブジャブ使わないようにとの社内の不正防止、不祥事の被害を少なくする役割も少しはあるのでしょうかね」

「堅い四葉精工グループならそんな不正や不祥事はないでしょう……」

「さあどうでしょう？　去年はほんとうに懲りたので、今年二〇〇三年の借入枠は余裕を見て桁違いに増やしました。そんな資金繰りなどに精力を使わなくていいようにと……」

「売れない、作るものがない、のも困りますが、受注が来すぎて金が回らない、黒字倒産のような事態が四葉精工さんのような大企業の子会社でもあるのですね。ダイミンタイも大幅な供給増をお願いしてＹＰＴ社さんに苦労をかけているのですね」

と言いながら井上社長が立ち上がり部屋の隅に行き電話をかけ、受付に追加のコーヒーを依頼した。

井上はコーヒーを飲みながら、

「増産対応、ほんとうに感謝しています」

「いや、ダイミンタイさんは早めに発注予想を出してくださるので助かっています。困ったのは、タイ政府の国産化率アップ政策の強化との関係による受注の急増です。今まではタイ日系ユーザーは、日本の親会社が日本の広島四葉精工から部品を購入し、それをタイの子会社に日本の親会社から船便で供給していました。それを、タイのユーザー子会社へタイの当社ＹＰＴ社が供給するシステムに変更したいと。急な要求が増えています」

「在タイの御社ＹＰＴ社のような会社から供給していただくと小回りもきくし助かります」

「日本側、即ち当社の親会社が、こちら、当社のタイの小規模な生産能力、設備能力のことを考慮して上手く対応してくれればいいのですが……。

『ＹＰＴ社の生産能力がない、足りない場合には、日本の親会社四葉精工からタイに送ります。お客様にはご迷惑はかけません』

と調子のいいことを言っています。建前は日本の四葉精工とタイの子会社ＹＰＴ社の両方に供給責任があります」

「まあ、ユーザーの立場からすると、そこが日・タイの四葉精工グループを信頼している点です」

「設備導入もプレス等大型機械は注文生産ですので発注してから早くても一年以上かかります。その間、ＹＰＴ社の能力不足分は日本の四葉精工で生産してもらうよう年間で計画し発注します。輸送コストを考えて、例えば二か月前に日本で製造して船便でタイのYPT社工場に送ってもらう計画になっています。船便は非常に安いです。日本国内の自動車運搬に比べても格安です。当初計画ではそう計画しています」

「量産品の輸送は、ふつう船便を使いますね。試作品はエア便を使うこともありますが……」

「ところがタイの生産能力が足りなくなる経済状況のときは、世界的に好景気で、日本でも繁忙で生産能力が足りない状況になります。結局、日本での製造時期が遅れ船便が使えなくなる、船便では間に合わなくなる」

「船便だとタイのユーザーへの納期が間に合わなくなりますからね」

「そういうことです。納期を守るため、供給責任を全うするため、エア便、飛行機を使って輸送しなければならなくなります」

「扱われているものが鉄系の製品で重いですから輸送費が高くつくでしょう？」

「飛行機での輸送費は重量で決まります。一回、一〇〇万バーツ＝三〇〇万円を超えることもあります。日本の親会社の方で負担してほしいのですが、現実にはタイ側で負担させられます」

「弱い者いじめですね、いや、可愛い子には旅をさせよ、ですかね……」

「ここのところYPT社は旅ばかりしています」

と言って村上は苦笑いして続けた。

「それで、エア便代という予定外の出費でますます資金繰りがきびしくなります。支払うお金を減らすため、何でもやりました。原材料購入の支払い条件を変更してもらって、三か月後から六か月後に延ばしてもらいました」

「三か月間、一回だけ息がつけますが、三か月後からは同じ資金繰り状態になりますね」

「そうです。効くのは最初の三か月だけです。開発品の日本での試作の支払いも四葉精工に延期を求めましたがだめでした。普段見えない会社組織の弱点というか問題点が露わになりました」

「ストレスが尋常じゃなかったですね」

「そうなのです。タイで一年仕事をすると一年寿命が短くなる、とだれかが言っていましたが、ほんとうにそう思います。私の場合は在タイ二年なので二年、寿命が縮まりました。何とかして、二年、寿命を延ばし元に戻したいと思っています」

と言って村上は笑った。

「私の場合だと駐在期間が五年の予定ですので、寿命が五年縮まる計算になりますね。村上さん、帰国されたら日本の有馬温泉にでも行かれたら……」

「近いのでそうします。タイでの愚痴を聞いていただき心がすっきりしました。タイで起こったことはタイに置いて帰国します。ありがとうございました。そろそろ失礼します」


井上社長は、わざわざ玄関まで見送りに来て、村上と握手をした。そして村上の車が会社のゲートを出るまで見送った。村上の心にさわやかな風が吹き、生きることへの励ましを感じ、その心遣いに感謝した。自分もそのような人柄になりたいと思った。

＊　＊　＊

タイから日本に帰ることになり、二年前にタイに来ることになった経緯や、ちょうどその頃に発生した大品質クレームへの対策で走り回っていたことを、なつかしく村上は思い出していた。

第三章　二〇〇一年早春　広島　タイ駐在の直前

二〇〇一年立春、四葉精工の国内子会社、広島四葉精工（一九七五年設立）に村上はいた。電話が鳴る。親会社の四葉精工の外山取締役であった。

「外山さんから電話とは、何ごとですかね。大品質クレームでも起きて外山さんに連絡が入りましたか？　冗談ですが……」

一九九八年から村上は広島四葉精工に出向し、品質保証部長をしていた。

「いや、今日は人事のことで……。村上さんに打診というか気持ちを聞きたいので電話した。ズバリ言う。タイのＹＰＴ社に中山社長の後任で行けないか？」

「以前、広島に来る前に、

『海外子会社にも行く気はあるか？』

と外山さんにたずねられたときに、

『齢がちょっといっていますが、私で良ければどこにでも行きますよ』

と言ったことをよくおぼえています」

当時、五一才の村上よりも海外子会社の責任者はみんな若かった。

「まあ、前に
『行ってもいい』

と聞いていたので、そういうこともあって声をかけさせてもらった」

「で、いつからですか?」

「一か月先!三月一日が着任の目標!」

「また、えらい急な話ですね」

「会社の人事政策で、海外人事に関し、五年以上の駐在は難しくなった。特に年配者ほど厳しい。中山社長本人はまだタイにおりたいようだが」

「タイのYPT社へは、中部地区営業部長の山内君が行くと聞いていましたが……」

「そやねん。山内君を本命にして後任を詰めてきたんやが、山内君がなかなかOKしないので、村上さんにお願いすることになった。二番手で申し訳ないけど」

「何番手でもそれは気にしません。タイは山内部長で決まっていて、もし私が海外に出るとしたら、相対的に齢のいった社長である中国かと勝手に予想していました」

「そう言ってもらうとありがたい」

「妻とも相談しなければなりませんから、正式な返事は来週月曜日でいいですか？　週末、神戸の自宅に帰りますので」

「一応、仮としてはＯＫということで手続きを進めていいかな？」

「ＯＫです。妻もいいと言うと思います」

「タイに行くとしたら単身赴任？」

「妻は非常勤ですが、働いていますので、たぶん単身赴任になります。ただ中国と違って、タイはエイズが蔓延しているとか、男性天国とか、いろんなうわさ話があるので、妻がどう言うか？　中山社長と同じように妻帯同ということになるかもしれませんが……。エステ、スパ、マッサージ、グルメとか、タイは奥さん方にとっても居心地がいいと聞いていますので……」

「それじゃ、奥さんの了解が得られたら電話して……」

今日は月初めの金曜日なので、もともと神戸の自宅に帰る予定にしていた。妻がどんな反応をするのかと村上は一瞬、考えた。しかしタイに行くことはまったく想定していなかったので、タイが東南アジアのどの位置にあるのか正確には知らないことに気付いた。タイとミャンマーの関係がどうなっているのか？　どちらが東側でどちらが西側かが定かでない。村上は会社の机の引き出しから英和辞典を取り出し表紙裏にある世界地図を見た。地図を見て、ミャンマーの位置がタイと誤解していたと気付いた。それまでの村上にとってタイは遠い国だった。

村上の妻は、自分もしょっちゅうタイに行く、すなわちタイ国内やベトナムなど周辺諸国への旅行などのためにお金を使うことを条件に村上のタイ出向を了解した。

＊　＊　＊

パスポートの取得などタイ出向の準備のため、翌週の土日も神戸の自宅に村上は帰っていた。

日曜日の午後に品質保証部の園原部員から携帯に電話があった。

「部長、お休み中に失礼します。品質クレームです。自動変速機メーカーのＡＴＣ社（Automatic Transmission Company の略称）に納入しているロータに寸法大の不良が発生しました。ＡＴＣ社内でのＡＴ（Automatic Transmission の略称＝自動変速機）の開発実験の試運転で異音がした。それで、ＡＴを分解してチェック。ＡＴ用オイルポンプのアッシー（＝「アセンブリー」の略、機械類で複数の部品を組み合わせて構成したユニットのこと）も分解して全部品をチェックしたところ当社が納入したロータの外径大不良が見つかりました。規格外れ三〇ミクロン大です。同じロット番号のロータの入ったオイルポンプがすでに変速機に組み込まれているとのことです。実験用に量産ラインから抜き取られたオイルポンプ四機の在庫があり、そのポンプを分解してロータ外径を検査すると外径規格外れがもう一個見つかったそうです。ＡＴＣ社が言うには、オイルポンプの中でロータと外側のケースが焼き付くとトランスミッションすなわち変速機にオイルが行かなくなる。その結果、変速機がロックし急ブレーキをかけたのと同じように動かなくなり、最悪、自動車事故になるかもしれないそうです。流出防止の対策を検討するので、明朝、できるだけ早く品質保証部長と部員の二人がＡＴＣ社の掛川工場に来るように言われました。新幹線の車内で私と合流し一緒に行きましょう。私は広島駅からひかり六四四号の自由席の2号車に乗ります。新大阪駅は九時一八分の発車です。何かあったら携帯で連絡します」

「わかった。休日で申し訳ないけど、製品のＱＣ工程表[注1]と、ＡＴＣ社から聞いた対象のロット番号とその前後の検査データなどを全部コピーして持参してくれ」

「わかりました。では、明日朝、新幹線で」

予定通り、園原と村上は新幹線で合流した。品質クレームに関することであり座席での会話は差し障りがあるので、だれもいないデッキに行って立ったままで打ち合わせた。デッキに着くなり開口一番、園原は言った。

「部長、ＡＴＣ社にはどう言いますか？　ありのままに言うか、脚色しますか？」

『何ということを言うのか?!』

と村上は思ったが、なぜそんなことを言うのかは詮索せず、質問にストレートに答えた。

「真実ベースに決まっている。きっと大品質クレームになるから、大勢の人びとがかかわる。嘘をついてもすぐにつじつまが合わなくなりばれる。ボロが出る、余計に混乱させる。園原君や会社の社員は調査したこと、現象や現実を観察、測定して、その通り話せばよい。自分がありのままに思ったり気付いたりしたことを顧客にもそのまま言えばよい。それが四葉精工のためになる」

園原の目をまっすぐに見て毅然と言った。

「わかりました。そうします。待機している広島四葉精工のみんなにもそう伝えます」

昨日、どう対応するのか、社内で何がしかの議論をしていたことをうかがわせる物言いを園原はした。

「松前常務の耳には入れているね？」

「はい、昨日、私が村上部長に電話するのと同時に、東主任から松前常務に一報、入れています」

広島四葉精工は三年前に品質マネジメントシステムＩＳＯ９００１の認証を取得している。しかし、

『ミスはしょうがないが、意図的な嘘はダメ』

『嘘はつかない』

というＩＳＯの根本精神がまだ広島四葉精工には根付いていないな、と村上は実感した。

「今後も事実ベースで対応すること！　われわれは自然法則に沿ってモノ作りをしている。自然には嘘は通用しない。『自然には嘘は通用しない』は私のモットー……」

少しくどいと思ったが、まだ三〇才過ぎの若い品質保証部員である園原へのＯＪＴ教育のつもりで村上は語った。

「部長にそう言ってもらうと、気が楽になりますし動きやすくなります」

「会社の信用にかかわることだ。嘘や改ざんをすると、やり続けなければならなくな

る、また一度失った顧客の信用は取り戻せない。たとえ取り戻せたとしても莫大な労力と時間が後で必要になる」

「品質保証部はサプライヤーとユーザーの両方の立場があるので、部長がおっしゃることはよくわかります。外注先との関係では、逆の立場、だまされる側の立場になります。外注先が意図的に嘘をつきデータを改ざんしていた場合にあたりますね。抜打ちの受入検査をして不良品を見つけて嘘が発覚したようなときには頭に来ますね。そんな外注先は出入り禁止！にせよ、と言いたいですね」

「じゃ、座席にもどって、検査データの分析をしようか」

二人はデッキから車内の座席にもどった。列車は京都駅に停車しようとしていた。

「今回のクレームは、ロータの外径不良だが、物は外注先の岡山研磨から、直接、ATC社に送られているのか、あるいは一旦、広島四葉精工に入って受入検査と出荷検査をした後で広島四葉精工からATC社に送られているのか、どちらかなあ？」

と村上がたずねた。

「コストダウンのため、外注先の岡山研磨からATC社に直送しています。QC工程表でもそうなっています。ユーザーのATC社の承認も得ています」

「岡山研磨は、抜き取りで出荷検査をしているのか？　そのデータは？」

「問題のロータの外径は、研磨工程で全数検査をしているので、出荷時の抜き取り検査は省略しています」

「全数検査はどんな計測器で検査している？　ダイヤルゲージ[注2]？」

「QC工程表ではダイヤルゲージです」

「本当にダイヤルゲージで全数検査をしていたら、ATC社から報告されているような複数の不良発生は考えられないなあ……」

「おっしゃるとおりです。ダイヤルゲージの目盛の見間違いのミスならもっと少数のはずです。それに約三〇ミクロンも大きいというのは、工程か何かで変更があったと考えられます。変更点管理[注3]に問題があったのではと私は思います」

「その通りだ。変更点を探す必要ありだ」

昼食は弁当を買って新幹線の車内ですませた。掛川駅からＡＴＣ社の品質保証担当の今田主任に

「今、駅に着き、食事は車内ですませました」

と電話をして、タクシーでＡＴＣ社に向かった。ＡＴＣ社には正午前に着いた。守衛に行先を言うと検査係の入った棟を指示してくれた。歩いていくと、検査棟入口で今田が待ち受けていた。見たところ四〇代前半である。

「大変ご迷惑をおかけしております。広島四葉精工の品質保証部の村上です」

と言って名刺を交換した。

「すぐに、今後の対応について打ち合わせをしましょう。昼食はこちらで社食を用意しようと思っていましたが、新幹線の車内ですませられたそうですね」

と言って今田は二人を検査棟の会議室に案内した。

「当社から御社に報告した昨日までの状況はご存知ですね。では早速、本題に入りましょう。今回の品質クレームに関し、ＡＴＣ社としては、私が主管、責任者で対応し

ます。御社、広島四葉精工の方は品質保証部長の村上さんに主管をお願いします。村上さんは当社に来ておられ、外回りになりますので、広島四葉精工の社内で対応する責任者としてはだれになりますか？」

「松前常務です」

「松前常務は人の動員などができる権限を持たれていますか？」

「はい、社長に次ぐナンバー2です」

「これから、ロット番号から不良ロータが組み込まれたATの対象範囲を調査します。何台が対象範囲にあるかを見きわめます。流出防止のためには、どの範囲のAT、その不良ATがどのカーメーカーのどの車種に載っているか、それがどこにあるか、どの港にあるか、トレースします。いま当社の生産管理部門主体の部隊が先行して調査中です。夕方には、実車試験などチェックする態勢、その動員人数がはっきりします」

「夕方になれば、広島四葉精工から何人必要かがわかるのですね」

「そうです。しかし一方で、不良の深刻度というか、何％ぐらいが走行中にロックを起こし交通事故になるのかを推定します。ロックする可能性のあるATを選び出すための検査方法、試験方法というか選別方法を決めねばなりません」

「そんな選別が、検査が、可能なのですか?」

「可能です。当社にはいくつかの実験にもとづく経験と実車試験の経験があります。『こういう不良なので、実車でこういう試験、検査をすれば判別できます』ということをカーメーカーに言って説得しなければなりません。いまそれを検査係で詰めている最中です。お二人にも加わっていただきたい。ところで、お二人はオイルポンプの構造をご存知ですか?　分解した実物を見られたことがありますか?」

「はい、知っております。広島四葉精工の開発部でオイルポンプの性能の評価試験をしておりますので、分解された状態など、品質保証の者もよく知っています」

「それでは、ポンプ現物の説明をする必要はありませんね」

と言って今田は一息ついた。

今田はつづけて、

「流出対策は、すでにＡＴが車に搭載されているもの以外は、基本的に、ＯＫが確認されたロータを使ったオイルポンプアッシーに作りなおす。そのために当社の在庫として残っているロータを良品と不良品に分けます。今朝、不良品が入っていると思われる広い対象範囲のロット番号が御社の広島からファックスで送られてきました。そのロット番号のロータ外径を全数検査します。全数測定し、その分布をプロットします。このデータが重要です」

「オイルポンプの焼付き、ＡＴのロック、車がロック、そして事故に。その頻度と関係していますね」と園原が言った。

「そうです。ロータが挿入されるオイルポンプのアルミニウム合金製のケースのくぼみの内径の大小の分布・バラツキと、ロータ外径の分布の両方が要ります。ケース凹部内径が小でロータ外径大で、ロータとケースの間のクリアランス（隙間）がスペック（仕様）の下限値よりも小さくなる確率、スペックから外れる確率を求めます。また外れるとしてどの程度の大きさかを推定し、そのことから、実車でどんな試験方法が可能かを導き出します」

「何でもやりますので、言ってください」

「それでは、園原さんには社内に在庫されているロータの外径の測定を検査室でお願いします。〇×の選別ではなく、実測値を測定してください。検査室はこちらです」

と言って今田は園原を検査室に連れて行った。


しばらくして今田は戻ってきて話をつづけた。

「今回のロータ大が見つかったのは、開発中のＡＴに使用したオイルポンプを試験中に音の解析で異音が見つかったことに端を発しています。一方、量産中のＡＴに関しては当社からの出荷前に短時間ですが、すべて試運転しチェックしています。だから、試運転の条件では、今回のロータの外径大による異音などの不具合は見つかりませんでした。試運転をパスしています。そのことから滅茶苦茶な異常ではないと予想していいます。従って実車での試験条件は、試運転よりもはるかに厳しい条件でのテストになると思います」

「実車での選別試験なんかも、よくあることですか？」

「よく？　いや、しばしばはありませんが、ごくたまにあります。自慢になりませんが、そういうノウハウはあります」

「組み立てられているATは全部ロータを入れ替えるのですか？」

「納期との関係、出荷計画との関係で、カーメーカーのラインをストップさせるかどうかが判断の分かれ目です。時間があれば、当然、全部ロータをOK品と入れ替えます。その方が安心ですから。時間がない場合は、クレームの深刻度によります。今回のような場合でしたら、最大、最悪のスペック、ロータ外径大、ケース内径小のクリアランス最小のオイルポンプを組み立て、それを装着したATで過酷試験をして判断します。過酷試験でOKなら良いのですが、NGの場合はラインを止めることになってもATを作り直します」

「不良の発生原因の調査は進んでいますか？」

と今田が問うた。

「いま広島四葉精工の品質保証部員が岡山研磨に行って、岡山研磨と一緒に調査・確認しています。結果が分かれば連絡がありますので、お知らせします」

「不良ロータの対象ロットが特定されれば、現在、園原さんにも手伝っていただいているロータ外径を再チェックするロットの範囲を絞り込むことができます。また、どの程度の対策を打つのかに関係しますので、できるだけ早くお願いします」

「御社へ提出したＱＣ工程表にも記載されていますが、全数検査をしているということで、加工ロットあたり数個のロータについて出荷時の抜き取りの検査を省略していました。ぬかっていました。申し訳ありません。もし出荷検査をしていれば、今回のような大量不良の流出は防げました。反省しています」

「おっしゃるとおりです。われわれもＱＣ工程表をもらっただけでよくチェックしていなかった……」

「ダイヤルゲージで全数検査していましたが、普通に考えれば、ダイヤルゲージ測定で不良がたくさん出るとは考えられません。何か変更点があったのではないか、岡山研磨では変更点管理に焦点をあてて調査しています」

「私もそう思います。ちょっと、生産管理が作成検討している実車試験の動員計画について、様子を見てきます。村上さんは岡山研磨での発生源の調査の進捗トレースをお願いします」

今田は足早に検査の会議室から出て行った。

岡山研磨にいる東主任に調査状況を携帯電話で聞いた。

「はい、東です。いま、岡山研磨にいます。発生原因がわかりました。計測器の変更点管理の問題でした。ダイヤルゲージの定期的な校正[注4]のため、使用中のダイヤルゲージを取り外し、校正をしている間、別のダイヤルゲージをセットしました。同じ型番のダイヤルゲージを代わりにセットすれば良かったのですが、あいにくなかったので、精度が二分の一のダイヤルゲージをセットしました。校正に出した、もともと使用していたものは一周が一〇〇ミクロン、他方、代替器は一周が二〇〇ミクロン。直径一〇〇ミリメートルの標準ブロックで代替のダイヤルゲージをセットしたのですが、校正した作業者が勘違いして、公差の範囲と管理幅を変更前と同じ幅の目印テープを貼り付けました。そのため、代替器の目印テープで表示される公差のプラス・マイナス四〇ミクロンは、実際にはプラス八〇ミクロンに相当します。同様に、マイナス側は本当はマイナス八〇ミクロンに相当します。目印公差の最大の物だとプラス四〇ミクロン、正規公差の上限値を外れることになります。再現実験でも確認しました。口で話すとややこしいですが、部長、わかりましたか？」

「わかった。ところで、実際の管理幅（公差より範囲を狭めて製造中に管理する範囲）はどうしていた？　公差幅プラス・マイナス四〇ミクロンより狭くしているはず」

「抜き取り検査ではなく全数検査しているからだと思いますが、一〇％だけ狭めて管理幅はプラス・マイナス三六ミクロンとしています。代替器で言うと管理上限はプラス七二ミクロンに相当。七二マイナス四〇で本当の公差上限値からの外れは三二ミクロンと計算されます。計算上は最大三二ミクロンオーバーの不良品があることになります」

「ありがとう。よくわかった。で、不良品を作り続けた期間は？　推定される不良品の数量はどれくらい？　本来の校正後の正しいダイヤルゲージを再セットしたのはいつ？」

「翌日の朝一です。校正のため昼一に該当するダイヤルゲージを含めて複数の計測器を集めました。検査室で校正しました。校正の記録はありました。元に戻して再セットしたのは翌日の朝一との証言です。計測器を変更したというメモなどの記録は研磨工程の作業記録には書かれていません」

「不良品の数量は？」

「あっ、すいません。その日、夜勤はなく午後七時半まで残業で研磨作業をしています。作業標準では一時間に一二〇個です。六時間で約七〇〇個が対象です。対象ロットの作業記録をファックスでそちらに送ります。それから、今は、正規品二〇〇個ほどの外径を測定して、もし代替ダイヤルゲージを使っていたと仮定すればどのような寸法になるか、分布になるか、推定しています。結果が出れば同様にファックスでお送りします」

「頼むよ。ファックスについては、園原君がこちらの検査室で同様に測定しているので、彼にファックスの送り先の検査室の電話番号を聞いてくれ」

「了解です、ではまた後で」

で東の報告は終わった。村上は今の電話内容を手帳に簡単にメモした。
《岡山研磨：計測器、ダイヤルゲージ、校正、代替器使用、一周／代替二〇〇ミクロン、正規一〇〇ミクロン、六時間で約七〇〇ヶ》

今田が、園原と一緒に会議室に戻ってきた。村上は、東からの電話の内容を伝え、現場で使用中のダイヤルゲージを校正のために代替器に変更したことに伴う不良発生であると報告をした。

「やはり変更点管理の問題でしたか。その点では予想通りですね。計測器管理のミスによる不良発生は当社もたまに経験しています。で、問題ロットの数量は？」

「作業時間六時間で研磨加工し、数量は約七〇〇個です。正確な数量とロット番号は、こちらの検査室へファックスで送るてはずになっています。もうすぐ届くはずです」

と村上が答えたそのとき、ＡＴＣ社の検査員がファックスを持って会議室に入ってきて今田に手渡した。

「村上さん、説明していただけますか」

村上はファックスを見せながら、

「えーと、対象数は全部で七〇二個です。ロット番号は四葉から支給した素材のロットが途中で変わっていますので、二つになっています。ロット番号ＯＫ１１７―１―１が四九〇個とロット番号ＯＫ１１７―１―２が二一二個です」

「なるほど、ＯＫは岡山研磨の略で、１１７は一月一七日に加工したことを表していますか？」

「そうです。トレースしやすいようにロット番号で加工した工場・加工先と加工月日をわかるようにしています」

今田は、ＡＴのオイルポンプに組み込まれたロータのロット番号を調べながら

「記録からは、七〇二個のロータはすべてオイルポンプに組み込まれています。問題は、そのうちＡＴにいくつ組み込まれているか、また、それがいくつ車に載っているか？」

「不良ロータから工程の川下に向けて、ロータ、次にオイルポンプ、三番目にＡＴ、最後の四番目に自動車、という順番になるのですね」

と園原が確認した。

「そうです。三番目のＡＴまではＡＴＣ社掛川工場で製造します。が、その先は各カーメーカーの指定の工場に要求数量に合わせてばらばらに納品します」

「今田さんがいま持たれている記録と資料でわかるのですか？」

村上がたずねた。

「大体はわかりますが、どのメーカーのどの車種に何台のＡＴを納品したかの正確なところは、生産管理に聞かないとわかりません」


村上がファックスの二枚目を示しながら説明を続ける。

「今田さん、ファックスの二枚目に、ロータ外径大の不良率の推定結果があります。御社の図面の公差は基準値プラスマイナス四〇ミクロンですが、岡山研磨での管理幅はプラス・マイナス三六ミクロンで管理して製造しています。現場で四葉の東主任が確認済みです。実際に立ち会って実測したデータも管理幅に入っています。プラス三六ミクロンは代替ダイヤルゲージで測定したと仮定すると、その二倍のプラス七二ミクロン。すなわちプラス四〇ミクロンの規格公差に対して三二ミクロンオーバーになります。理屈上は最大三二ミクロン大の不良品が存在しうることになります」

「最大で三二ミクロン大！そう推定できるのですね。で、どれぐらいの数が、例えば、規格外三〇ミクロン大の不良ロータの個数の推定はどうなっていますか？」

「二〇〇個の実測値からの推定では、二七％が規格外、公差オーバーです。そうそう、規格外の小の方は自動車事故などにはつながらないと聞いていますので考慮していません」

「それで結構、規格外れ小はATのロックの心配は無用です。先に進めてください」

「二七％が規格外の大とさっき言いましたが、その内訳を見ますと、公差オーバーゼロから一〇ミクロン未満が一一％、一〇ミクロンから二〇ミクロン未満が八％、二〇ミクロンから三〇ミクロン未満が六％、三〇ミクロンから三二ミクロンが一％です」

「最大の規格外の約三〇ミクロン大が、計算からは七〇〇台の一％で七台程度の自動車ということですね。台数が少ないのでちょっと安心材料です。生産管理に行って、対象のATがどの車に載っているか、再度、調べてきます。ちょっと待っていてください」

　今田は、三〇分ほどで生産管理からもどってきた。

「車に載っているATの台数が確定しました。七〇二個のオイルポンプのうちATに組み込まれたのが約四〇〇台。それがそのままカーメーカーに出荷されている。したがって約四〇〇台を実車試験することになります」

「実車試験はどこでするのですか」

と村上が聞くと、

「カーメーカーの製造日数から考えると、大半がカーメーカーの工場を出て港で船を待っているか、船の中か、到着した港に置かれている状態と聞いています」

「とすると、港に行って実車検査をするのですね？」

「そうです。どの港に行けばいいのか、何人行けばいいのか、等々は、いま生産管理がカーメーカーから情報収集して詰めています」

「どんな風に実車試験するのですか？」

「まだ確定していませんが、当社の品質保証で検討中。過去の例もありますので、もうすぐ示せると思います」

そのとき電話が鳴り今田が受けた。相手は生産管理のようだった。

「いま生産管理から電話があり、実車試験の態勢が決まりました。カーメーカーの了解も取り付けました。それで、開始が明日か、明後日かはまだわかりません。が、毎日、当社から十二人の試験要員を出しますので、御社からも十二人を出してください。A港に何人、B港に何人、Cヤードに何人行くかなどは、後で連絡します。それで、急な話ですが、ここから御社の松前常務に試験要員の動員の準備の電話をしてください」

「サプライヤーの責任として当然だ」

との感じで今田はストレートに言った。しかし村上は内心、松前常務が文句を言わずに受けてくれるか不安であった。常々

「品質保証部長の村上君は、四葉精工の味方か、顧客の味方か？」

と本気とも冗談とも取れる言い方を松前常務はしていた。村上はいつも

「品質保証部は顧客の味方ですよ、二者択一で言えば……」

と笑ってすかしていた。

「わかりました。すぐに電話します」

と言って携帯電話のボタンを押した。今田はまっすぐにこちらを見ている。

「松前常務ですか。村上です。今ＡＴＣ社の会議室から電話しています。ロータ外径大不良の流出の件で、実車試験が必要になりました。その試験要員をＡＴＣ社さんと当社で半分半分に分担することになりました。それで、四葉精工から十二人の試験要員の手配をお願いします。ＡＴＣ社さんも十二人、出されます」

「よし、わかった。十二人用意する。心配するな。明日からか？」

目の前に今田がおり、ぐずぐずと言われるとまずいなと思っていた。けれども、松前常務があっさりと了解した。村上はほっとした。

「明日か明後日かは、まだ決まっていません。行先は主に港です。詳細な試験場所や

試験方法などは追って、ＡＴＣ社から松前常務の携帯に電話で連絡があります。人の手配の方よろしくお願いします」

　村上は携帯を切った。

　村上の顔をじっと見つめ、電話でのやり取りを聞いていた今田は、村上の心の動揺に気付いていたに違いない。しかしそれには触れずに、

「松前常務も了承されたようですね。動員関係は松前常務に連絡します。おもに生産管理からの電話になると思います」

と、ビジネスライクに軽く言った。それを聞いて村上は、松前常務がすんなりと要員の動員を了解したことで、広島四葉精工の面目が保てたと思った。それと同時に、今田の事務的なもの言いが、かえって心に染みありがたかった。


　今田は、社内の自販機で缶コーヒーを買ってきて二人に分け、飲みながら、

「明日以降のわれわれの行動について打ち合わせたい」

と言った。そのとき女性社員が来てＡ４数枚のレポートを今田に渡した。

「ああ、実車試験の条件が決まりました」

と言って村上と園原にもコピーを渡し、説明しはじめた。

「最初のページに書かれているように、要は、

『P、パーキングでフルスロットル、すなわちアクセルをめいっぱい踏み込んだ状態で二分間エンジンをフル回転させる。その後ブレーキを踏んでギアチェンジしてR、リアにする。エンジンが動いたままならOK、エンジンが停止・エンストすればNG』

というのが試験条件です。ギアチェンジでエンストするかどうかが良否の判定基準です」

「試験条件はわかりましたが、なぜこの条件で良否が判断できるのですか？　よくわかりません」

「エンジンをフル回転させるとオイルポンプもフル回転するので、外径大ロータとケース内壁の内径が摺動（しゅうどう）で焼付くものは焼付くはず。その焼付きによりオイルポンプがロックする。オイルがAT内に回らなくなる。そこでパーキングからリアにATの

ギアチェンジを行うとATが動きにくく回転しにくくなっているので、そのアイドリング時の負荷でエンジンが停止、エンストする。一応、そういう考え、推定です。村上さん、園原さん、理解できますか……」

「わかったような、わからないような……。過去にも同様な試験をされた実績のある条件なのですか?」と村上が質すと、

「どんなクレームだったかは言えませんが、実績のある実車試験方法です。また、港での短時間の試験にならざるをえないという制約も関係しています。今回の場合は、最大三〇ミクロン大で摺動したとしてもオイルポンプが焼付き・ロックするよりは、鉄製のロータ外径とアルミニウム合金製のケース内径がなじんで、すなわち相対的にやわらかいアルミニウム合金製のケース内径が少し摩耗して、摩耗粉というか摩耗滓となってオイルと共に洗い流されるのではないか、との読みもあります。おそらくNGの車は発生しないと見ています」

という今田の率直な予測の表明に、村上は同じ品質不良に対して共に闘っている同志、自然法則を共に解明している同志、のような感覚になった。サプライヤーとユーザー

と立場は異なり、ある面では対立する場面もあるけれども、大クレームに対峙することによって会社の枠を超えて連帯している！という、自然法則に則って一緒に自然に立ち向かう連帯感を感じていた。エベレストの登頂や南極探検の探検隊の一員のような気持ちになっていた。同様に、今田もそんな気持ちであるだろうと、村上は思った。

「悪いものなら見つかってほしいですが、ＮＧがゼロであってほしいという複雑な気持ちです」

「さて、明日以降のことですが、明日、岡山研磨を監査します。私たち品質保証部隊で。お二人は掛川駅前のビジネスホテルに泊まってください。すでにうちの総務が予約を取ってくれています。午後二時頃には岡山研磨に入りたいので、明朝のビジネスホテルでの待ち合わせは九時にしましょう」

「明朝、ホテルまで来ていただき恐縮です。九時集合ということで」

「それでは、今日の分はひと段落つきましたので、タクシーを呼びますか……」

今田が携帯電話でタクシーを呼んでくれた。

翌朝、村上と園原は今田とともに岡山県の社員三五人の岡山研磨に向かった。午後二時過ぎに到着、新見社長ほか中田品質管理課長、大山製造課長が出迎えた。

工場の二階の事務所会議室で、簡単な会社概要を新見社長が紹介し、不良発生のロータの製造工程をQC工程表に沿って中田品管課長が説明した。監査は今田が主導した。

「今回の品質クレームでATC社は多大な被害を受けています。広島四葉精工の外注先で中小企業の岡山研磨に対してATC社から直接、損害賠償を求めることはありません。しかしサプライヤーとして責任のある広島四葉精工には、不良品が組み込まれたATの良否判定の実車試験の要員派遣などで相応の負担をお願いしています。少なくとも、二度と同様なクレームを発生させない再発防止の対策をお願いします。最初に、現場を見せてもらい工程を監査します」

全員で一階の工場に下りて現場の工程、すなわち広島四葉精工からの素材（冷間鍛造ロータ）の受入、両端面の粗旋盤加工、外径の仕上げ研磨加工、両端面の仕上げ研磨加工、通箱詰め・内装、出荷検査、出荷品置場の順序に従って監査が始まった。岡山研磨はいつ来ても３Ｓ（整理・整頓・清掃）が行き届いていた。

今田が、説明役の中田品管課長にたずねた。

「不適合品置場がぱっと見たところわかりません。どこですか？」

「不適合品置場？　不適合品……？」

「不適合、不適合品、わかりませんか⁈」

「はあ？」

と中田はすまなそうな表情を見せた。

「村上さん、ＩＳＯ９００１の教育を外注先にされていないのですか？」

「外注先相手に講習会を開催しています。岡山研磨もだれかが参加しています。社内で展開をしていないようで……」

「定期的な外注先の品質監査はされていないのですか？」

「外注先や購買先の二者監査も計画を立てて順次実施しています。が、不良率少で品質指標の良い岡山研磨は後回しにし、まだ未実施です。二者監査のときにＩＳＯの紹介も他の外注先にはしていたのですが……」

と実情を村上が述べた。現場では今田はそれ以上、ＩＳＯに関しては話さず、監査を進めていった。一周一〇〇ミクロンの正規ダイヤルゲージ、一周二〇〇ミクロンの代替ダイヤルゲージが準備されていた。再現テストとして、事前に試作されていた外径三二ミクロン大の不良サンプルを用いて、実際の測定の様子をみんなで観察した。

現場から会議室にもどるとすぐに今田が堰を切ったように話し始めた。

「広島四葉精工はすでにＩＳＯの認証を取得しています。外注先が認証の取得まで至っていないことは理解できますが、取組み中、勉強中と思っていました。ところが品質管理課長の中田さんが、不適合品というＩＳＯの用語すら知らない。それでは、話にならない。今の時代、たとえＩＳＯの認証取得をしていなくても、どういうものかを品質関係者が知っていないと、外国人と話しているのと同じ。当方の意志が伝わらない、理解してもらえない。ＩＳＯは品質保証に携わる者の世界の共通言語です」

「申し訳ありません。当社もすぐにＩＳＯの認証取得活動を始めます。四葉の村上部長からも

『海外の子会社や外注先もＩＳＯを取得している会社が出始めているので岡山研磨も早く』

と言われていました」

と新見社長が答えた。

「岡山研磨は広島四葉精工を相手にしておればいいのかもしれませんが、その先の当社やカーメーカーは世界市場を舞台にしています。ＩＳＯは高度なものではなく、ミニマムです。今回のクレームに関しては、対策書には、変更点管理はもちろん不適合品や計測器の管理などＩＳＯの視点からの原因追求、対策を書いていただきたい。村上さん、よく見てやってください」

「承知しました。ＩＳＯの観点に沿った再発防止の対策書を作成し提出します。また外注先管理の拙さ不十分さが露呈しました。それもＩＳＯに沿って見直します。ただ岡山研磨は不良率が低く、その点では優秀な会社でした。そのことでかえってＩＳＯをガンガン進めるよう迫らなかった、躊躇しました」

「いや少し言い過ぎました。私の、ＡＴＣ社の周りには、現在では、ＩＳＯの言葉が通じない会社がなかったので、正直、驚きました。ＩＳＯはきっと岡山研磨の将来の役に立つと思います」

「はい、必ず早急に取得します。『ＩＳＯを知らないと品質の言葉が通じない！』と今田主任がおっしゃったことで目から鱗が落ちました」

と新見社長が決意を述べた。

その後、監査で出た問題点の指摘事項を整理し、だれがいつまでにするかを決めた。またカーメーカーが岡山研磨まで監査に来る可能性も検討した。今田の感触では可能性は低いだろうということであったが、その準備だけは整えておこうとなった。

十日後、ＡＴＣ社と広島四葉精工の両社による港などでの出張実車試験が完了した。結果はＮＧゼロ。事故につながる不具合は生じないだろう、との結論で大品質クレームは収束した。

その一週間後の二〇〇一年三月一日に、村上は初めての海外駐在先のタイに出発した。

第四章　二〇〇七年春　プサン　新聞沙汰

韓国も桜が美しい。韓国の国民も桜を愛でる。プサンではチネ軍港の桜が規模も大きく有名だ。四月の最初の土曜日に、村上は日本人駐在員二人と一緒に花見を楽しんだ。二〇〇三年にタイから帰国し、一年間、尼崎の四葉精工で開発と知的財産に関して若手の育成に携わり、二〇〇四年春に大韓精工に駐在し、すでに在韓三年になる。

週明けの月曜日に、広島四葉精工の総務課長の山田が大韓精工を訪問した。駐在中の三人の日本人出向者の職場と住居など生活環境の調査が目的である。山田はみやげものが入った袋を持って部屋に入ってきた。

「お久しぶりです。お元気そうですね」

「土日はできるだけ山に登ったり、歩いたりしている。李(イ)社長や朴(パク)常務は、親会社の朝鮮材料の会議でソウルに行って留守なので、あいさつはできない」

「お土産だけお渡しください。韓国では、ウイスキー、シーバスリーガルが好まれるのでそれにしました」

と袋を二つ村上に渡した。

「駐在している北川君と佐藤君からも話を聞くんだろ。呼ぼうか?」

「二人には個別に面談します」

「海外ではメンタルヘルスが非常に重要だ。本人から希望や困りごと、人間関係の悩みをしっかり聞いてほしい」

「そのつもりで来ました。職場環境だけでなく、アパートなどの住環境、食事等々についても実際に行って、確認したいです」

北川と佐藤の職場に山田課長を連れていく前に、気にかかっていたことを聞いた。

「山田課長、自殺した平尾常務のことを聞かせてほしい。言える範囲でいいが……」

「その後のことをお話ししなければと思っていました。遺書はなかったと警察から聞いています」

「山田課長は平尾常務が亡くなっていたアパートの現場を見たのだね？　自殺と思った？」

「もちろん、そう思いました。自殺現場は生々し過ぎてお話しできませんが……」

「いや、それを聞くつもりはない。ところで、遺書がなかったので、何が原因かははっきりしないが、考えられることは何かある？」

「常務が亡くなられた前々日に、プレスにかかわった労働災害事故がありました。死亡事故ではなかったのですが、作業者はかなりの負傷でした。救急車が来たり警察のパトカーが来たりで、騒然としていました。平尾常務が責任者として対応されていました」

「そんな事故があったのか……」

「海外子会社へは原因と対策がはっきりすれば横展開安全ニュースとして周知される予定です。それで、その事故のことを気にされていたというか、落ち込んでおられたと言う人はいますし、うわさはあります」

村上は、『平尾はそんなやわな人間ではない』と思っていた。

「でも平尾常務がそんなことで、自ら命を絶つとは私には思えないな。『そんなこと』というのは、言葉がよくないが……。四葉精工では、文字通り『安全第一』に力を入れているからな」

「私も労災事故が原因で自殺されたとは思いません。平尾常務が直接、何か手を下して事故になったわけではありません。形式的というか職制上、責任が問われる立場というだけです。技術系の最高責任者として。会社全体から見れば最高責任者は社長なわけですし」

「警察からの情報は？」

「殺された、すなわち『殺人事件の被害者』といった事件性はない、と……。私もそう思います」

「現場のアパートの様子など、警察は何か言ってなかった？」

「そう言えば、机の引き出しに直径一五ミリの栓ゲージ（注：プラグゲージともいい、軸に対する穴の直径等の良否を判定するための検査治具）があり、会社のものかどうか警察から聞かれました。会社のものでした。トレースすると、最近、検査室で紛失したということで新しいのを注文していました」

「へえー、栓ゲージをアパートにねえ……」

「ええ、手の平にのるサイズの通り止まり栓ゲージです。平尾常務がなぜアパートに持ち帰られたかはわかりませんが……」

そのとき、バンコクで平尾と対峙したときに、村上が人の道をゲージにたとえて話したことをうっすらと思い出した。平尾は会社の検査室で栓ゲージを見たときに、村上の言った人の道・ゲージ云々の記憶がよみがえったのだろうか。それまでの平尾の生き方とは正反対の象徴としてのゲージ・栓ゲージを検査室で見た。そして何かを思って、無断で黙ってアパートに持ち帰った。栓ゲージを見ながら何を考えたのだろうか。そのことをもう聞くことはできない。


「単身赴任で海外駐在が長かったが、夫婦仲はどうだったの？　何か聞いている？」

「延べ八年、常務は海外駐在されていましたが、奥さんはタイ、マレーシアには行かれなかったようです。子どもさんがいなかったので、行こうと思えば行けたのに。東南アジアが好きではなかったか……？　単身赴任の前は、お二人でオーロラを観にフィンランドに旅行し良かった！と常務本人が言われていました」

「タイ、マレーシアには奥さんは行かなかったけれど、駐在中に二人でヨーロッパ方面へ旅行で行かなかったの？」

「さあ、それはわかりません。一緒に駐在していた社員に聞けばわかるかもしれません」

「三割以上が離婚する時代だから、夫婦仲が破綻したからといって死ぬことはないな」

「労災事故、夫婦関係、でなければ、他に何が？　会社では出世街道を走っておられ、順風満帆のようでしたし……」

と山田は首を傾げた。

　ただ出世のためか何のためかは定かではないが、平尾は強引なことをしてきていた。社内に敵というか平尾のことを好ましく思っていない社員は結構、いたのではないか、と村上は思っていた。

『少なくとも自分とアドバイザーの林田がいる』と心の中でつぶやいた。

「平尾常務に反感を持っている人はいないの？　まあ、いたとしてもそんなことを彼は気にしない性格のようだったけれど……」

「亡くなった人のことを、こんな風に言うのは気が引けるのですが、上の人の顔色をうかがうというか、気にされるところがあるように、見受けました」

「へえー、そんな面もあったのかなあ。上の人に……。それは意外だなあ。私には傍若無人で押しが強いように見えたけどなあ。いつどういう状況で山田君はそう思った？」

「外山社長への態度です。タイから帰国し広島四葉精工に来られて一年間でしたが、だんだんとおかしくなっていったように思います。最初は結構、外山社長とフランクにされていました。しかし、特に亡くなられる前の時期は、月例業績検討会などのミーティングで、常務と社長の間に何となくよそよそしい空気があるように感じました。

『二人の間に何かあったのかなあ?』

と経理課長と話したことがあります。また平尾常務が、借りて来た猫のように、何も発言されず、何というか、落ち込んでおられるように見えました。そう言えば、今から振り返ると、労災事故の前から平尾常務は沈んだ感じだったように思います」

「外山社長と平尾常務とは、四葉精工の社内ではあまり接点はなかったと思う。齢も離れているし、配属先も、外山社長は営業、平尾常務は製造・工場なので、よほどの大クレーム・品質問題や納期問題が起こらない限り営業と工場は関係しない……。そんな大クレーム・大納期問題はなかった」

「YPT社の社長交代で平尾さんの代わりにタイに行かれた倉田さんは、広島四葉精工の平取締役でした。倉田さんより四年後輩の平尾さんが常務に昇進。総務部では、もっぱら大抜擢とのうわさで、だれの引きだろうか、と囁かれていました。このうわさ話、何か関係がありますかね?」

「親会社の四葉精工の役員の外山取締役が子会社の広島四葉精工の社長に異動した後に、四葉精工の取締役に就任したのが山地取締役だ。平尾常務を滅茶苦茶、ひいきにしていた。山地さんの引きが、平尾君が広島四葉の常務になったのに関係していると思うよ」

「そうでしたか。山地取締役がねえ。それは知りませんでした」

「ありがとう。大体のことはわかった。でも周辺のことが多いなあ。肝心のことは闇の中、といったところやなあ。心の整理がしたいのであとは自分で考えてみる」

「そうですね、タイのＹＰＴ社では、村上さんの後任が平尾常務でしたから、気にかかりますよね」

「そう、山田君には話していないことも平尾君とはいろいろあって……。彼が自殺したことはずっと心に引っ掛かっている。ああ、山田君の今回の目的は、出向者の調査のための出張なのに、時間をとってしまって。申し訳ない」

と、平尾のことで長い会話になったことで、山田に頭を下げた。

結局、山田との会話では平尾の自殺原因の決め手になるようなことはわからないままだった。

ダイヤルゲージや栓ゲージの〝ゲージ〟は計測器全般を指す。本来のゲージの意味は、基準・標準・軌道（鉄道のレール幅）である。軌道に狂いや不整があれば列車は脱線、転覆する。人の道でもゲージから外れていればいずれ破綻する。そう思いたい。平尾はゲージから外れた。何をもって外れたか？　なぜ外れたか？　それを村上は是非、知りたいと思った。

親会社の四葉精工と打ち合わせのための出張ベースの帰国と、プライベートな私費ベースの帰国を含めると、三か月に一回ぐらいのペースで韓国と日本の間を往復していた。国際空港があるプサンは非常に交通の便が良かった。プサンの会社やアパートから日本の神戸の自宅まで、ドアツードアで三時間余り。日本国内の移動と同様の便利さだった。神戸から千葉に住む長女のマンションに、新幹線などを使って行く場合と比較しても、短時間で交通費も安かった。

次女が出産したので、韓国の祭日になる五月一日のメーデーの時期に合わせて村上は一時帰国した。神戸の自宅で、妻が保存しておいてくれた二、三週間分の新聞をいつも通り二時間ほどかけて眺めていた。

＊　＊　＊

四月二八日付け毎朝新聞のいわゆる社会面の三面記事に、『四葉精工の海外（タイ）営業子会社で社長の不正使い込み発覚　懲戒免職処分』の三段抜きの見出しと記事が目に飛び込んできた。その記事が輝き、光線を発しているように村上には見えた。

何と、ＹＰＴ社の斎藤営業部長を更迭することを要求した、あのＹＳＴ社の野上社長の犯罪が載っているではないか！

新聞記事によると、社長である立場を利用して総額二〇〇〇万円を超す会社の金を私的に流用していた。不正使い込みの例として、子どもも含めた家族連れでファーストクラス利用の豪華なヨーロッパ旅行等が載っていた。

そして再発防止として、海外の場合、現地のタイ人従業員は立場上、日本人上司をチェックしにくいので、日本人同士でチェックできる仕組みにする、と報道されていた。

二〇〇三年当時、野上はＹＰＴ社から邪魔になる斎藤営業部長を辞めさせ帰国させようとした。またマレーシアの子会社の平尾社長と共謀し、タイ－マレーシアの一体経営案を口実にして、村上をＹＰＴ社の社長から引きずり下ろすのに平尾とともに策動していた。その野上が新聞沙汰になる不祥事を引き起こしていたのだ。

新聞記事を見たとき村上は、光、閃光を見たように思った。新田次郎の小説を映画化した『八甲田山』で北大路欣也が演じる神田大尉の有名なセリフ、「天は我々を見放した」とは逆に、「天は我々を見放さず」と感じ、胸が一杯になった。こみ上げてくるものがあった。

自殺した平尾は、不正をしていた野上と裏の関係、陰謀で結ばれていたのだ。たんに関係があったというのではなく、他人をおとしいれる動機で結ばれていたのだ。二人の関係は相互浸透していたにちがいない。平尾自身も野上の影響を受けないはずがないのではないか。野上だけが犯罪者、悪の権化で、平尾は清廉潔白であったとはとても考えられない。逆に、平尾の悪さ・悪性が若い野上に感染したのかもしれない。野上の不正、この線から平尾のことを整理してみる必要があるな、と村上は思った。

四月下旬に新聞発表されたが、平尾が自殺した昨年十二月当時は四葉精工社内の監査部門による調査や監査の状況はどうであったのか？　平尾の身辺にも調査の手が伸びてはいなかったのか？　平尾本人に尋問する前に、まずは周りを固めたのではないか、その後に本丸の平尾に当たるだろう。

平尾自身もまた金銭的な不正をしたのか、していなかったのか。

平尾の周りを固めるとすれば、まずは平尾常務の上司の外山社長である。外山に野上と平尾の関係の情報が監査部門から渡っていたことは十分考えられる。もしそれに沿って外山が野上との関係などを平尾に査問したり、質(ただ)したりしていたとすれば、外山と平尾の両者の間が緊張し気まずいものにならざるをえない。平尾と外山の関係がぎくしゃくしていると総務課長の田中に見えたのもうなずける。

さらに野上と平尾が共謀して不正を働いていた、そのことを野上が社内調査で自白した、とは考えられないか。もし自白があったとすれば、それは平尾を決定的に追い詰めることになる。そうでなくても野上が

『平尾さんも私と同じように……、とか、平尾さんから言われて私も……』

と言及したりしていないか。

たとえ不正の証拠が見つかっていなくても、平尾が不正をしていたとすれば、ここ ろ穏やかではおられまい。いつ証拠が見つかるか、びくびくとしながら過ごしていた。生きた心地がしなかったに違いない。もしそうであるなら、図太い神経の持ち主のはずの平尾が自ら死を選んだことが理解できる。遺書がなかったこともわかる。

平尾が自殺した原因の真相は闇の中だ。そうだとしても、野上の不祥事が発覚したことで、平尾・野上の暗躍と平尾の自殺を結ぶ全体像がおぼろげに見えてきた。村上

自身の心の整理も少しは進んだ。

平尾の死の経緯に連なる、平尾と野上の関係、不正絡みとの関係について、いつの日か、外山や四葉精工の監査部門にたずねてみようと村上は思った。

第五章　二〇〇七年六月　ソウル　再会

五月連休明けに村上はプサンの大韓精工にもどった。

出社してすぐに、たまっていたEメールをチェックした。英語のタイトルが一つあったのでメールを開けて見た。差出人は、タイのYPT社時代の部下で、村上がYPT社を辞めて帰国したときに、一緒に会社を辞めた経理課長のソーファであった。メールの内容は、六月上旬に女友だちと二人で三泊四日の韓国ソウル旅行を計画しているので、ソウルのどこかで会えないか、というものであった。

村上がタイを離れてからはまったくコンタクトがなかった。突然の四年振りのことであった。ソーファからコンタクトがあったこと自体に驚いた。と同時に、頼ってきてくれたことがうれしかった。ソーファは、YPT社の元部下から聞いて村上が韓国にいることを知っていた。自分が韓国に行くので、村上のメールアドレスを教えてもらったと、メールに書いていた。ソーファにはYPT社時代に為替管理や損益改善などの表（おもて）の方で世話になった。と同時に、アンダー・テーブルの裏金（通関時の税関職員から求められた賄賂）の扱い・送金などでも世話になっていた。韓国に来るならぜひ会ってお礼を言いたいと思った。それで、ソーファの都合のいい日時に村上がソウルに出向き会いたいと返信を送った。

翌日には、ソーファから詳細な計画表がEメールの添付ファイルで送られてきた。三日目の六月五日の夕方にホテルで待ち合せたいとの返事であった。村上も同じホテルに宿泊の予約をし、夕食は村上がご馳走すると返信した。

六月三日、ソーファがソウルのホテルから、無事到着したとの連絡が、村上の携帯電話にあった。六月五日の午後五時にホテルのロビーで待ち合せることを確認し合った。

六月五日、村上は午前中、会社にいて午後から鉄道でソウルに向かった。大韓精工の韓国側の親会社の朝鮮材料の本社がソウルにあったことや、重要なユーザーが数社あったため、社用では年に数回ソウルに行っていた。そのほか村上の家族や友人・知人が韓国旅行でソウルに来たときにも年に一、二回はソウルを訪れていた。そのため、主要なソウルの地理、交通、観光事情はかなり知っていた。

四時半ごろにホテルに着き、チェックイン後、五時前にロビーに出てソーファを待った。五時を過ぎてもソーファが現れないので、ホテルのフロントの従業員に聞くと、まだ戻っていない、とのことであった。計画表では今日は三八度線のＤＭＺ（非武装地帯）に行く予定になっている。恐らく、交通の渋滞で帰りが遅くなっているのだろうと村上は思った。

五時半過ぎに、十人ほどの欧米人・東南アジア人などの外国人と思われる男女が集団でホテルに戻ってきた。村上は、その中にソーファがいるのではないかと見ていたが、会社の制服を着た彼女しか知らなかったのですぐにはわからなかった。メガネをかけている女性は一人だった。それが目印となって彼女の姿を見つけた。手をあげて合図するとソーファは気付いて駆け寄ってきた。飛びつくかと思うような勢いであったが、立ち止まって合掌してタイ風のあいさつをした。村上もそれにつられて同じように合掌した。ソーファは流暢な英語で、部屋に荷物をおいてすぐに下りてくるのでロビーで待ってくれるように言った。

五分ほどでソーファは友だちと一緒にロビーに下りてきた。最初に友だちを紹介した。ニックネームはアンと言い、ソーファと同年配で同じ会社の総務課長とのことであった。アンもソーファと同じくらい英語が流暢だった。英語が苦手な村上はたどたどしい英語で対応した。韓国に駐在してからは、韓国語をおぼえていくに従ってタイ語は忘れていった。タイ語を忘れる度合いだけ韓国語をおぼえることが可能と感じていた。そんなわけで村上のしゃべる英語は韓国語、タイ語、日本語がチャンポンになっていた。

ソーファとアンの希望で、三人は近くの韓国料理レストランに行った。夕食は村上が負担すると事前に言っていたが、彼女らが食べたいと言った料理は、すこぶる庶民的で安価なサムギョプサル（厚切りにした豚の三枚肉のたれ付きの焼き肉）であった。お金のことで気を遣っているのかもしれないと思った。そしてＹＰＴ社時代の工場ではなく、事務所の食事会のことを思い出した。
経理、総務、生産管理、開発、等々のＹＰＴ社事務所のスタッフが会食をする場合は、ＭＤ＝社長が全額負担することになっていた。たぶん社長負担と言っても大韓精工の役員のように実際は会社負担（会社のクレジットカードの使用）の会社も多かったのかもしれないが、当時のＹＰＴ社は文字通り、ＭＤのポケットマネーで支払っていた。と言っても、十数人が池に面した洒落たレストランで生の歌や演奏を聞きながら食べて飲んでも合計で三〇〇〇バーツ（九〇〇〇円）を超えることはなかった。会食の最後は、伝票のチェックが習わしだった。出されていないのに伝票に記載されているる料理や飲み物がないか、実際に出された料理や飲み物との照合をソーファなどの社員が行っていた。チェックするといつも数品の不整合があった。

食事中の三人の話は、二〇〇三年にＹＰＴ社を離れてからの村上とソーファの話、すなわち村上の大韓精工での仕事や韓国についての話や、ソーファの転職先の会社の米国系企業（フォード自動車の孫請け企業）の状況、日系企業、韓国系企業、米国系企業の相違などの、ビジネス絡みの話であった。そんな話をしながら、村上は、韓国にとっての外国人、すなわちタイ人と日本人が韓国で出会い、そこで日系企業、韓国系企業、米国系企業について食事をしながら話している、その国際性、インターナショナルな状況、それをあらためて感じていた。またタイ駐在中は、タイ社会についてタイ人と、何となく話しづらいので避けていたこともあったが、お互いが第三国の韓国に来ているとタイ人やタイ社会、同様に日本人や日本社会について垣根が低くなり話しやすいことを知った。

一時間ほど飲み食いした後、急にソーファの目が据わった。ゆっくりと言葉を選びながら話し始めた。場の雰囲気、空気が変わった。事前にアンには話していたのだろう、アンは予想していた様子だった。

「私が今回、韓国を訪れたのは、村上さんに伝えたいことがあったからです」

「え、何のこと？　ＹＰＴ社のＭＤ時代に何か悪いことをしたかな？」

と村上は軽口をたたいたが、ソーファはそれには答えず、

「村上さんがＹＰＴ社を辞めたとき、私も辞めました。なぜ辞めたかわからないでしょう？」

「ＹＰＴ社のためには、残ってほしいと思っていました。それで、ソーファさん、あなたに『辞めないでほしい』と慰留したことをおぼえています」

「村上ＭＤを辞めさせて、マレーシアの平尾ＭＤが兼務するという親会社の異動方針は、納得できませんでした。元々任期が三年と聞いていましたし、村上ＭＤ自身も辞めたくなかったのに、平尾ＭＤが策略を使って追い出したと、そう私は思っていました」

村上はソーファの口から平尾の名前が出たので一瞬、驚いた。

「ソーファさんの推測どおりです。ソーファさん他のタイ人従業員には言っていませんが、平尾君は自分がＹＰＴ社のＭＤになりたかった。そのためにＹＳＴ社の野上ＭＤと共謀してタイとマレーシアの一体経営案を掲げて画策していました。残念ながら親会社の四葉精工の担当役員がそれに丸め込まれました。タイとマレーシアの一体経営案は、机上の空論だったことを今では現実が証明しています。各々が独立して経営しています」

「当時は、マレーシア人の技術者やスタッフがＹＰＴ社の指導に来ると言われていましたが、そのことも私は気に入りませんでした。でも私が辞職した最も大きな理由は、平尾さんがＹＰＴ社の製造部長だった頃も私は彼が嫌いでしたし、平尾部長も私を嫌っていたことでした」

昔、ＹＰＴ社の成形アドバイザーの林田が同じように平尾を嫌っていたことを思い出した。

「なぜ平尾部長を嫌っていたの？」

「従業員に対して、えこひいきがひどかった。女性に対してだけでなく、男性従業員に対しても……。そんな人がＭＤになれば部長時代から嫌われている私などはどうなるか、と思いました」

ソーファは目を見開いて話した。当時、平尾部長がアドバイザーの林田をいじめていたことをソーファは聞いていたのかもしれない。

「それで、私と一緒に辞職した。まあ、ソーファさんのように英語も堪能で優秀な経理専門家は外資系企業で引っ張りだこでしょう？」

「確かにタイへの海外企業の進出ラッシュです。でも、製品や工程がわかっていて気心の知れたスタッフのいる会社の方が仕事はやりやすいです。ですから、退職するにはハードルはありましたよ。ＭＤ交代に不満を言っていたタイ人スタッフはかなりいましたが、結局、村上ＭＤと一緒に辞めたのは私だけでした」

「会社の要の経理課長のソーファァさんが私と一緒に辞めると聞いて、当時、退職しないようにお願いしたりもしましたが、正直、複雑な気持ちでした。何となく辞めるのは私一人ではないという救いというか、励ましになりました。同志がいたのだと。ところで平尾君が亡くなったことは知っている？」

「もちろん知っています。自殺だったことも。ＹＰＴ社の社員から電話があり教えてもらいました。平尾さんが亡くなったので、私の知っていることを村上さんに話さなければと思いました。それで今回、韓国に来ました」

ソーファァは平尾の自殺の原因を知っているのではないかと村上は思った。

「え？　そのことを私に話すのがメインの目的で、韓国観光はサブだったのですか。

これは驚いた。私自身は平尾君、彼がなぜ自殺したのか理解できなくて、ずっと気になっていました。よく突き止めましたね！」

「平尾さんにたいそう苦しめられた村上さんは、きっと気にされているに違いないと思っていました。タイ人も日本人も心情には差がないと思っていましたから」

「図星ですね。でも、私が日本に出張中などで、もしかしたらソウルで会えないかもしれなかったのに、よくスケジュールを決めてソウルに来る決断をしましたね？」

「答えは、私とアンの都合などから、まず日程を決めないと動けないからです。ただ、ソウルで会えなかったときはメールで事件の概略を村上さんに伝えよう、そうすれば後日きっと、村上さんが私に会いにタイに来るだろう、平尾さんのことが気にかかっているに違いないと確信していました」

ソーファの読み通り、もし今回会えなかったなら、ソーファに事情を聞くためにタイに行っただろうと思った。

喉が渇いたのか、ソーファはグラスのビールを一気に飲んだ。彼女は結構、酒が強かったことを村上は思い出した。

「あらためて言いますが、私が村上さんにお話しするために韓国に来たのは、ＹＳＴ社の経理担当の友だちから、ＹＳＴ社の野上ＭＤの不正のことや、野上ＭＤと平尾ＭＤの関係を聞いたからです」

平尾の自殺と野上の不正は関係があるのではないか、と村上は前々から考えていた。

「はい、野上ＭＤの不正は最近、日本の新聞で報道されたので私も知っている。だけど、それが平尾ＭＤと何か関係があるの？」

「平尾ＭＤと野上ＭＤは、二人でユーザーへのＹＰＴ社の試作品の販売で不正をしていました。そのことが明らかになり、たぶんそれで日本でも調査され、四葉精工で野上ＭＤが処分されたのです」

ソーファはずばり、試作品販売の不正と語った。それは村上の推理の範囲外であった。

「え？　試作品の販売で不正？　一体、どういう方法でそれができるの？　不正ができそうには思えないけれども……」

「村上さんがＭＤの頃は、試作品も少なく、野上ＭＤもＭＤになったばかりで、国枝前ＭＤの時代のように正常に処理されていました。しかし平尾ＭＤに代わった頃からタイ国産化の流れで、試作品の案件が大幅に増えました」

「そのことはよくわかります。その結果、ＹＰＴ社の生産量は飛躍的に増加しました。私が辞めた後に」

「村上ＭＤの時代は、まだ試作品販売の金額も少なかったので、生産原価でＹＳＴ社からユーザーに請求していました。村上さんもご存知のように、当時は試作品はユーザーへのサービスで会社の利益には貢献していませんでした。平尾ＭＤに代わった頃からタイ国産化の動きが加速し、試作品価格を少々高くしてもユーザーが問題にしなくなりました」

「どれぐらいの値段で売っていたのですか？」

「概略、原価の二・五倍の売値です。それでも早期国産化のプレッシャーがあったのでユーザーは文句を言いません。数量の多い量産品と違って、数量の少ない個々の試作品の絶対額は大した額ではありません。そこに目を付けた。たぶん、野上ＭＤ

のアイデアだと思います。野上ＭＤが原価の二・五倍でユーザーに売りますが、ＹＳＴ社では一・五倍で売ったことにしていた。つまりＹＳＴ社の利益＝手数料が五〇％。メーカーのＹＰＴ社には製造原価相当を支払う。そういうシステムで売ったことにしていた、ということです。差額分の原価相当額が不正分です。売値が原価の二・五倍というのは不正を前提にしたわかりやすい価格設定になっていました」

不正の構造を村上は理解した。

しかしそんなやり方が上手くいくとは思えなかったので、

「そんな不正はすぐにばれると思うが……」

「野上ＭＤは悪知恵に長けていました。ＹＰＴ社の試作品は、野上ＭＤがすべて担当。またユーザーへの試作品の説明などでＹＰＴ社の社員の出張が必要なときには、平尾ＭＤだけを連れていく。対象の案件は、純粋な開発品というよりは、日本で量産している部品のタイ工場への移管なので金型設計などの開発要素はありません。設計の専門家・担当者でなくても平尾ＭＤで十分対応可能でした。平尾ＭＤは、野上ＭＤが嫌っていた斎藤営業部長や開発担当の日本人技術者には、ＹＰＴ社で純粋に開発する案件だけを担当させていたと思われます」

「日本生産からタイ生産への移管がかなりの件数あるので、結構な金額になったのか？」

「四葉精工の監査で判明した金額は約一〇〇〇万バーツ（三〇〇〇万円）です。知り合いのＹＳＴ社の経理担当がそう言っていました」

「平尾ＭＤとの関係はどうなっていたの？」

「不正取得分を折半していました。野上ＭＤ扱いの案件は、ユーザーから野上ＭＤだけが扱うダミー会社名義の口座に原価の二・五倍の金額が振込まれます。そこから一・五倍分がＹＳＴ社の営業の口座に振込まれ、ＹＳＴ社の営業は原価分をＹＰＴ社に支払います」

「残りが不正分、原価相当の金額となるわけですね」

「そうです。それを折半して野上ＭＤと平尾ＭＤの各々の個人口座に振込んでいました。一連のそうしたことが四葉精工の監査で解明されていきました。野上ＭＤだけでなくＹＳＴ社の社員全員が親会社の監査チームの面談を受けました。その監査を受けた一か月後に平尾ＭＤは自殺されました。平尾ＭＤが日本で監査を受けられたかどうかは私たちにはわかりません。監査チームが日本に帰国後には恐らく平尾ＭＤを監査すると思いますが、したかどうか、いつごろしたか、などはＹＳＴ社の私の友だちは知りません」

そんな稚拙なやり方をなぜ続けることができたのか、たぶんタイ人社員は知っていたけれども、言うことができなかったのだろうと村上は思った。海外子会社でよくある不正の典型だ。それにしてもソーファはＹＳＴ社に親友がいるとしても、詳細によく調査したものだと村上は感心した。それは平尾が犯罪に絡んでいるので、村上への報告のためであるとともに、ソーファ自身にとっても関心があったに違いない。平尾が社長で来るときに一緒に辞めた同志として自分事として調査したのではないか。

そのとき村上はそんなことを考えていた。

「なぜ発覚したのですか？」

と不正が暴露された契機について村上はたずねた。

「野上ＭＤがヨーロッパ旅行に行き、事務所を留守にしたことがきっかけです。つまりこういうことです。ＹＳＴ社の経理担当の話では、ＹＳＴ社の手数料というかマージン分として試作品原価の五割相当分はＹＳＴ社に入っていました。担当者は『ＹＰＴ社製の試作品はそんなレベル、即ち原価の一五〇％の売値か』と思っていました。ところが、野上ＭＤが二週間ヨーロッパ旅行に行っていたとき、急な試作品の依頼がユーザーからありました。ＹＳＴ社の営業ウーマンがＹＰＴ社に手配し原価の五割増しでユーザーに見積書を出しました。ユーザーからは『以前よりも非常に安い！』と言われたので、それまでの価格を聞きました。原価の二・五倍でした。ヨーロッパ旅行後の野上ＭＤにたずねたところ、『差額分は接待費等として使っている』とのことでした。

担当者は『あれ？』と思ったそうです。しかしそのときはそれ以上追及せず、それで終わりました」

「そのとき不正に気付いていたのですね。でも、日本人は二人しかいないし、ＭＤ以外のもう一人の日本人は外回り中心で事務所にはいないので相談できなかったということかな?」

「そうです。タイ人社員ではどうすることもできなかった。そのようにタイ人社員は思っていました。で、平尾MDは日本に帰国されました。彼の帰国後も二人の不正はしばらく続いていたようです。銀行口座に記載が残っているそうです」

「ところで、四葉精工での発覚のはじまりは?」

「本筋にもどります。YST社の総務担当がつねづね疑問に思っていたことを、意見交換する場であるタイの四葉精工グループの総務担当会議で発言しました」

「そのミーティングは知っています。私がタイにいた頃に開始されました。当時は覚醒剤や社内の高利貸しにどう対応するかといった問題などが話題になっていました」

「そのミーティングです。その四葉精工グループの会議でYST社の総務担当が発言したことは、YPT社の試作品販売のことではありません。発言は総務関係の内容です。すなわち

『YST社のMDは会社のお金でファーストクラスの飛行機でヨーロッパに家族旅行をしている。形式的、建前は営業活動のための出張となっていますけれどもヨーロッ

パでの営業活動などはない……。他のグループ会社のＭＤも同様か？』と。それが不正事件発覚の発端です」

「新聞報道で書かれていた出張旅費の私的流用が最初に問題になったのですね」

「そうです。ＹＳＴ社の営業の社員の告発ではなく、総務の社員の発言です。それで日本の四葉精工の監査がＹＳＴ社に入った。監査の過程で営業担当が試作品の不正を話した。それでＹＰＴ社の試作品の販売価格の不正が暴かれることになった。これが野上ＭＤ不正事件、平尾ＭＤの関わりの全貌です」

「全体像はつかめました。ただ不正で得たお金を平尾ＭＤは何に使っていたのか、知っていますか？」

「平尾ＭＤは製造部長のころから日本のワイフと二人でオーストラリアやヨーロッパへ旅行されていました。高額な海外手当があるため日本人駐在員が高収入なことは知っていましたが、彼は金遣いが荒いと思いました。これは私の感覚です」

「ヨーロッパ旅行ですか……。平尾ＭＤといい野上ＭＤといい、ヨーロッパが共通項になっていますね。なぜヨーロッパなのかなあ？」

「村上さん、それはヨーロッパが日本人の憧れの対象であるとともに、日本に比べるとタイは地理的、距離的にヨーロッパに近いためでしょう」

「そう言えば昔、バンコク、カラチ経由の南回りで、東京からフランクフルトへ行ったことがある。確かに、バンコクからヨーロッパは近い気がしました。気がしたというより現実ですね。話を戻しましょう。平尾君のワイフのことでした。その続きは？」

「平尾ＭＤは夫妻でヨーロッパを旅行する一方、タイ女性とも交際していました。ＹＰＴ社のタイ人従業員内ではうわさになっていました。ＭＤでタイに戻ってきて以降も同じ女性とつながっていたのか、別の女性か、女性が複数いたのかは知りません。ただ二、三年前にエンポリアムデパートで平尾ＭＤとタイ女性が一緒に買い物をしているのを私も見ました」

「なるほど、プロンポン辺りは彼の活動範囲ですね。彼はデパートの隣のサービスアパート、エンポリアムスイートに住んでいます。以前は私が住んでいました」

「ＹＰＴ社のドライバーから聞いていたので、村上ＭＤがそこに住んでいたこと、帰国された後は平尾ＭＤが住んでいることはタイ人社員のみんなが知っていました」

「非常に便利で気に入っていました」

「話をタイ女性のことに戻しましょう。女性のために家を建てたり、分譲マンションを購入したりしている駐在員をよく知っています。私の今の会社のアメリカ人駐在員の副社長も分譲マンションをタイ女性の彼女のために買いました。購入手続きなど私が手助けしました。平尾ＭＤも同様なことをしていたかどうか？　それは私は知りませんが……」

「もしそうなら、あなたの会社の副社長と同様なことをしていたなら、結構な額のお金が必要ですね」

「そうですね。家ではなく車もあります。今、タイではモータリゼーションの進展で、自家用車の所有が人々の憧れになっています。お金持ちが女性に車を贈るのも流行(はや)っています。私の会社のカナダ人駐在員に頼まれてタイ人の彼女へプレゼントするアメリカのフォード車の仲介手続きをしたこともあります」

多くの社員が海外駐在することになったこともあって、他の日系企業と同様、四葉精工の海外手当も二〇〇三年度から大幅に減額されていた。そのことも平尾の不正の背景にあるのではないかと村上は思った。

「ありがとう。よくわかりました。胸のつかえがとれました。平尾ＭＤが不正に関わっていたのは非常に残念に思います。恐らく不正の発覚が彼の自殺に関係していま す。あなたが韓国まで報告に来てくれてほんとうに感謝しています。なんとお礼を言っていいのか……」

村上は言葉に詰まって、タバコに火をつけ大きく吸って、焼酎を手酌でグラスに入れてグイッと飲んだ。どんよりとした背中の重荷が取り除かれ軽くなったような気がした。


場の雰囲気が一気に和んだ。三人で料理をつまんだ。ソーファは韓国訪問のひとつの目的を終えたためか、昔、村上が知っているソーファのようにけらけらと笑いながら食べ、ビールを飲んでいる。

三人の談笑の途中で、小柄なアンが立ち上がり笑いながら言った。

「ソーファが韓国に来たのは村上さんに会うため。村上さんがＹＰＴ社を辞職しなければならなかった四葉精工のやり方を『間違っている』とソーファは思っていた。だから村上さんと一緒にソーファはYPT社を退職した。そして村上さんを追い出した平尾と野上、二人の不正義が今、明らかになった。ソーファはそのことを村上さんに伝えたい、そのために韓国に行って会いたい、と思った。村上さん、わかりますか？」

「わかります。感謝しています」

と言って、村上はソーファと一緒になって立っているアンを椅子に座らせた。アンは酔っぱらっているのか正気なのかわからない。

「いや、村上さんはわかっていない！ソーファの気持ちがわかっていない。ソーファは村上さんが好きだった。愛していた。わかりましたか？　今夜は、ソーファのラブに応えなきゃ、村上さん！」

と、アンは中腰になって村上の目をのぞき込んだ。その迫力に村上は押された。アンの微妙で大胆な問いに対して、

「ソーファさんにたいへん感謝しています」

とはにかみながら村上は静かに答えた。そうとしか村上は答えようがなかった。英語

で微妙な言い回しはできなかった。ソーファはビールを飲みながら笑っている。

「ソーファが村上さんに好意を寄せるようになったきっかけを私は聞きました。それは、税関職員への賄賂二万バーツの送金をソーファに指示するときだったそうです。前任MDとは違って、村上MDは申し訳なさそうな顔、態度だった。それがソーファの心をとらえたようですよ。村上さん、おぼえていますか？」

「よくおぼえている。企業にはそれぞれの社会的な存在意義がある。YPT社には自動車部品を供給するという組織の役割がある。泥棒など不正を日常にしているような盗賊組織ではない。にもかかわらず、そこのMD・社長が不正を部下に指示する。私は何をしているのだ、と思っていました。

『原因は不正を許すタイ社会にもある』

と言い訳をしたくなる。けれども、そういう不正を実際に会社組織を使って命じているのは日本人の私ですから、不正の実行を指示される側のタイ人社員のソーファさんに申し訳ない気持ちでした。そのことが私の顔に表れたのでしょう。一方、私から指示を受けたときのソーファさんの複雑な顔が、今でも私の目に焼き付いています。ま

た
『前任ＭＤだけではなく、村上ＭＤ、お前もか』
と言われているような気がしました」

率直で強（したた）かな二人のタイ女性、キャリアウーマンを前に見ながら、賄賂が横行する東南アジアの中にあっても、人の道・ゲージから外れた不正義をよしとしない気概のある人びとが身近にいたのだ、と村上は気付かされた。また彼女ら若い二人の行動力から村上はエネルギーをもらった気がし、またタイ社会のパワーを実感した。
平尾の不正の事実がわかったことで、数年間にわたって村上の心に刺さっていた棘（とげ）がそのとき外れた。そしてその事実を伝えるためにはるばる韓国までやって来たソーファの行動により、タイでの平尾との因縁が村上の中から消えていくのを感じた。

注釈

注1　ＱＣ工程表：一つの製品に関し、原材料の購入から完成品として出荷されるまでの工程の各段階での、管理特性や管理方法を工程の流れに沿って記載した表。製造現場の品質を保証するために、各工程で、どのような製造条件を管理しているか、どんな品質特性を誰がいつ確認しているかを示す。

注2　ダイヤルゲージ：スピンドルの直線運動（寸法）を歯車機構などで機械的に拡大し、その動きをアナログ時計のように短針と長針で寸法を表示する計測器。寸法精度を確認する必要がある製造現場で多用される。

注3　変更点管理：変化点管理ともいう。変化点とは、製造工程において何か（製造設備、製造方法、作業者、測定器等）を変化させたときのこと。工程の中でなんらかの変化が起こると、そこで不具合、失敗などの問題が起きやすい。変化点で不具合や失敗が起きないように、通常レベル以上に管理を行うことを変化点管理という。

注4　校正：標準器を用いて計測器が表示する値と真の値の関係を求めること。標準器による校正を受けることで、測定機器は信頼性を確保することができる。

著者プロフィール
館 薫（たて かおる）
1947年大阪府生まれ。兵庫県在住。
製造企業で、R&D、生産、品質保証、マネージメント、海外駐在を経験。

ゲージ・計測器

2023年11月15日　初版第１刷発行

著　者　館 薫
発行者　瓜谷 綱延
発行所　株式会社文芸社
〒160-0022　東京都新宿区新宿1－10－1
電話　03-5369-3060（代表）
03-5369-2299（販売）

印刷所　株式会社晃陽社

ISBN978-4-286-24688-8

郵便はがき

料金受取人払郵便

新宿局承認

2524

差出有効期間
2025年3月
31日まで
（切手不要）

160-8791

141

東京都新宿区新宿1－10－1

（株）文芸社

愛読者カード係 行

ふりがな お名前		明治　大正 昭和　平成　　年生　歳
ふりがな ご住所	□□□-□□□□	性別 男・女
お電話 番号	（書籍ご注文の際に必要です） ｜ ご職業	
E-mail		

ご購読雑誌（複数可）	ご購読新聞 新聞

最近読んでおもしろかった本や今後、とりあげてほしいテーマをお教えください。

ご自分の研究成果や経験、お考え等を出版してみたいというお気持ちはありますか。

ある　　ない　　内容・テーマ（　　　　　　　　　　　　　　　　　　）

現在完成した作品をお持ちですか。

ある　　ない　　ジャンル・原稿量（　　　　　　　　　　　　　　　　　　）

書　名			
お買上書　店	都道府県　　市区郡	書店名	書店
		ご購入日	年　月　日

本書をどこでお知りになりましたか？
1.書店店頭　2.知人にすすめられて　3.インターネット（サイト名　　）
4.DMハガキ　5.広告、記事を見て（新聞、雑誌名　　）

上の質問に関連して、ご購入の決め手となったのは？
1.タイトル　2.著者　3.内容　4.カバーデザイン　5.帯
その他ご自由にお書きください。
（　　）

本書についてのご意見、ご感想をお聞かせください。
①内容について

②カバー、タイトル、帯について

弊社Webサイトからもご意見、ご感想をお寄せいただけます。

ご協力ありがとうございました。
※お寄せいただいたご意見、ご感想は新聞広告等で匿名にて使わせていただくことがあります。
※お客様の個人情報は、小社からの連絡のみに使用します。社外に提供することは一切ありません。

■書籍のご注文は、お近くの書店または、ブックサービス（0120-29-9625）、セブンネットショッピング（http://7net.omni7.jp/）にお申し込み下さい。